तिरछी रेखाएँ

तिरछी रेखाएँ

हरिशंकर परसाई

वाणी प्रकाशन

वाणी प्रकाशन

4695, 21-ए, दरियागंज, नयी दिल्ली 110 002

फ़ोन : +91 11 23273167 फ़ैक्स : +91 11 23275710

शाखाएँ

अशोक राजपथ, पटना 800 004, बिहार

कॉफ़ी हाउस कैम्पस, महात्मा गांधी मार्ग, इलाहाबाद 211 001, उत्तर प्रदेश

महात्मा गांधी अन्तरराष्ट्रीय हिन्दी विश्वविद्यालय, वर्धा 442 001, महाराष्ट्र

www.vaniprakashan.com
marketing@vaniprakashan.in
sales@vaniprakashan.in

Tirchhee Rekhayen
by Harishankar Parsai

ISBN : 978-93-5229-173-1
Satire

पेपरबैक संस्करण 2000, 2009, 2014, 2019
पेपरबैक पाँचवाँ संस्करण 2023

मूल्य : ₹ 195

सिटी प्रेस, दिल्ली-110 095 में मुद्रित

वाणी प्रकाशन का लोगो मक़बूल फ़िदा हुसेन की कूची से

क्रम

व्यंग्य

व्यंग्य क्यों? कैसे? किस लिए?

मैं व्यंग्य लेखक माना जाता हूँ। व्यंग्य को लेकर जितना भ्रम हिन्दी में है, उतना किसी और विधा को लेकर नहीं। समीक्षकों ने भी इसकी लगातार उपेक्षा की है। अभी तक व्यंग्य की समीक्षा की भाषा ही नहीं बनी। 'मजा आ गया' से लेकर 'बखिया उधेड़ दी' तक कुछ फ़िकरे इस पर चिपका कर समीक्षा की इतिश्री समझ ली जाती है। अकसर विनोद, हास्य, मखौल से व्यंग्य को अलग करके नहीं देखा जाता। मेरी ही कोई रचना पढ़कर प्रबुद्ध पाठक भी कह देता है—बड़ा मजा आया, जब कि मैंने खिजाने के लिए वह चीज़ लिखी है।

आदमी कब हँसता है? इस सम्बन्ध में बड़ी दिलचस्प और विभिन्न धारणाएँ हैं। एक विचार यह है कि जब आदमी हँसता है, तब उसके मन में मैल नहीं होता। हँसने के क्षणभर पहले उसके मन में मैल हो सकता है और हँसी के क्षणभर बाद भी। पर जिस क्षण वह हँसता है, उसके मन में किसी के प्रति मैल नहीं होता। फिर जिसका हाज़मा अच्छा हो वही हँस सकता है। कब्ज का मरीज़ मुश्किल से हँसता है। फिर जब मनुष्य को चैन की(well being) अनुभूति होती है, तब वह हँसता है। बिना चैन की हँसी खिन्न हँसी होती है, जैसी पंडित नेहरू की अन्तिम वर्षों में हो गयी थी।

आदमी हँसता क्यों है? परम्परा से हर समाज की कुछ संगतियाँ होती हैं, सामंजस्य होते हैं, अनुपात होते हैं। ये व्यक्ति और समाज दोनों के होते हैं। जब यह संगति गड़बड़ होती है तब चेतना में चमक पैदा होती है। इस चमक से हँसी भी आ सकती है और चेतना में हलचल भी पैदा हो सकती है। शरीर में कितनी बड़ी नाक हो इसका एक अनुपात मानस में बना हुआ है। पर अगर किसी की बहुत मोटी नाक हो तो लोग कहतें हैं—अरे, यह तो नाक की जगह आलूबड़ा

रखे हैं—और हँस पड़ते हैं। साइकिल पर एक आदमी बैठे, यह संगति है। दो को बरदाश्त कर लिया जाता है, पर एक साइकिल पर तीन सवार हों और वे गिर पड़ें तो उनकी चोट के प्रति सहानुभूति नहीं होगी बल्कि दर्शक हँस पड़ेंगे—अच्छे गिरे साले। हमारे यहाँ कंजी आँख बुरी मानी जाती है। कंजी आँख वाले पर लोग हँसते हैं। कहावत है—

सौ में सूर सहस्र में काना,
सवा लाख में ऐंचक ताना।
ऐंचक ताना करे पुकार,
मैं कंजे से खाई हार।

पर कंजी आँखें पश्चिम में अच्छी मानी जाती हैं। आमतौर पर पतले ओंठ सुन्दर माने जाते हैं पर नीग्रो लोगों में अच्छे मोटे ओंठ भी अच्छे लगते हैं। भारत में किसी के नीग्रो जैसे मोटे ओंठ हों तो लोग हँसेंगे क्योंकि सौंदर्य बोध की संगति बिगड़ती है।

लोग किसी भी बात पर हँसते हैं। हलकी, मामूली विसंगति पर भी हँस देते हैं। आदमी अगर घोड़े सरीखा हिनहिनाए तो इस पर भी हँस देते हैं। दीवाली पर कुत्ते की दुम में पटाखे की लड़ी बाँधकर उसमें कुछ लोग आग लगा देते हैं। बेचारा कुत्ता तो मृत्यु भय से भागता और चीखता है, पर लोग हँसते हैं।

पर व्यंग्य में जरूरी नहीं कि हँसी आये ही। मार्क ट्वेन ने लिखा है—यदि कोई भूखे कुत्ते को रोटी खिलाए तो वह उसे काटेगा नहीं। मनुष्य और कुत्ते में यही खास फ़र्क है। इस कथन से हँसी नहीं आती पर व्यंग्य की वह करारी यह चोट चेतना पर करता है कि पाठक पहले तो भौंचक रह जाता है और फिर सोचने लगता है।

व्यंग्य के साथ हँसी भी आती है, पर वह दूसरे प्रकार की होती है। मेरी ही एक लघु कथा है—संसद में एक सदस्य ने कहा कि अमुक जगह पुलिस की गोली से ग्यारह आदमी मारे गये। गृहमन्त्री इसका जवाब दें। गृहमन्त्री बड़ी शान्ति से उठे। जिन्हें रोज गोली चलवानी है वे कब तक अशान्त रहेंगे। गृहमन्त्री ने जवाब दिया—गोली का कारखाना जनता के पैसे से चलता है। जनता के पैसे से जो सामान बनता है, उसे जनता के ही काम आना चाहिए। अब

जनतान्त्रिक असूल में यह बात पूरी तरह संगत है। पर यह कितनी बड़ी विडम्बना पैदा करती है और संसदीय प्रणाली पर चोट करती है। इस लघुकथा से हँसी ज़रूर आती है पर यह हँसी और किस्म की होती है और सोचने को बाध्य करती है।

व्यंग्य लेखन एक गम्भीर कर्म है। कम-से-कम मेरे लिए। सवाल यह है कि कोई लेखक अपने युग की विसंगतियों को कितने गहरे से खोजता है। उस विसंगति की व्यापकता क्या है और वह जीवन में कितनी अहमियत रखती है। मात्र व्यक्ति की ऊपरी विसंगति—शरीर रचना की, व्यवहार की, बात के लहजे की, एक चीज़ है। और व्यक्ति तथा समाज के जीवन की भीतरी तहों में जाकर विसंगति खोजना, उन्हें अर्थ देना तथा उसे सशक्त विरोधाभास से पृथक् करके जीवन से साक्षात्कार कराना दूसरी बात है। सच्चा व्यंग्य जीवन की समीक्षा होता है। वह मनुष्य को सोचने के लिए बाध्य करता है। अपने से साक्षात्कार करता है। चेतना में हलचल पैदा करता है और जीवन में व्याप्त मिथ्याचार, पाखंड, असामंजस्य और अन्याय से लड़ने के लिए उसे तैयार करता है।

जोनाथन स्विफ्ट कहता है—मैं मनुष्य को अपमानित करने और उसे नीचा दिखाने के लिए लिखता हूँ। परन्तु मार्क ट्वेन कहता है—मैं बुनियादी तौर पर एक शिक्षक हूँ। मेरा खयाल है, कोई भी सच्चा व्यंग्य लेखक मनुष्य को नीचा नहीं दिखाना चाहता। व्यंग्य मानव सहानुभूति से पैदा होता है। वह मनुष्य को बेहतर मनुष्य बनाना चाहता है। वह उससे कहता है—तू अधिक सच्चा, न्यायी, मानवीय बन। यदि मनुष्य के प्रति व्यंग्यकार को आशा नहीं है, यदि वह जीवन के प्रति कनसर्न्ड नहीं है तो वह क्यों रोता है उसकी कमजोरियों पर। जो यह कहते हैं कि व्यंग्य लेखक निर्मम, कठोर और मनुष्य विरोधी होता है, उसे बुराई ही बुराई दिखती है, तो मैं जवाब देता हूँ कि डॉक्टर के पास जो लोग जाते हैं उन्हें वह रोग बताता है। तो क्या डॉक्टर कठोर है? अमानवीय है? अगर डॉक्टर रोग का निदान न करे और अच्छा ही अच्छा कहे तो रोगी मर जायेगा। जीवन की कमजोरियों का निदान करना कठोर होना नहीं है।

अच्छे व्यंग्य में करुणा की अंतर्धारा होती है। चेखव में शायद यह बात सबसे साफ़ है। चेखव की एक कहानी है—बाबू की मौत। इस कहानी को पढ़ते-पढ़ते हँसी आती है पर अन्त में मन करुणा से भर उठता है। जिस बात पर

ऋहानी का ताना-बाना चेंखव ने बुना वह यह है—

थियेटर में एक बाबू नाटक देख रहा है। उसके ठीक सामने उसका बॉस बैठा है। बॉस के चाँद है। बाबू को छींक आती है और उसे लगता है कि उसकी छींक के छींटे साहब की चाँद पर पड़ गये हैं। वह घबराता है और इंटरवल में साहब से माफी माँगता है—साहब माफ़ कर दीजिए। मुझसे गलती हो गयी। मैंने जान बूझ कर गुस्ताखी नहीं की। अब मजा यह है कि साहब की चाँद पर छींटे पड़े ही नहीं हैं । वह नहीं जानता कि बाबू माफी किस बात की माँग रहा है। वह उसे डाँटता है—क्या बक-बक लगा रखी है। भागो यहाँ से। इधर बाबू समझता है कि साहब ज्यादा नाराज है। वह खेल छूटने पर फिर माफी माँगता है—साहब मैं क्षमा चाहता हूँ। मुझे जुखाम हो गया है। मैंने जानबूझ कर वैसा नहीं किया है। साहब फिर उसे डाँट कर भगा देता है। तीन दिन तक यह क्रम चलता है। बाबू माफी माँगता है, पर साहब नहीं जानते कि माफी किस बात की माँग रहा है। वह अधिकाधिक खीज कर उसे भगाता है। इधर बाबू समझता है कि साहब को बड़े छींटे पड़े होंगे तभी नाराज है। यहाँ तक तो कहानी में एक कॉमिक का वातावरण रहता है। पर जब साहब उसे चपरासी से बाहर निकलवा देता है तब वह सोचता है—अब नौकरी गयी। मेरी बीवी है। तीन बच्चे हैं। इनका पालन कैसे होगा ?

इसी घबराहट में वह घर आता है। कुर्सी पर बैठता है और उसके प्राण निकल जाते हैं।

कैसा करुण प्रसंग है। कहानी में चेखव ने इस कठोर नौकरशाही पर चोट की है जिसमें साहब अहंकार के कारण बाबू से पूछता तक नहीं कि तू माफी क्यों माँग रहा है। सिर्फ इतना पूछ लेता तो बाबू की जान नहीं जाती।

व्यंग्य के सम्बन्ध में कुछ बातें मैंने यहाँ कहीं, इस मकसद से कि व्यंग्य का मर्म समझने में इनसे कुछ सहायता मिलेगी।

—हरिशंकर परसाई

गर्दिश के दिन

लिखने बैठ गया हूँ पर नहीं जानता संपादक की मंशा क्या है और पाठक क्या चाहते हैं, क्यों आखिर वे उन दिनों में झाँकना चाहते हैं, जो लेखक के अपने हैं और जिनपर शायद वह परदा डाल चुका है। अपने गर्दिश के दिनों को, जो मेरे नामधारी एक आदमी के थे, मैं किस हैसियत से फिर जीऊँ?—उस आदमी की हैसियत से या लेखक की हैसियत से? लेखक की हैसियत से गर्दिश को फिर जी लेने और अभिव्यक्त कर देने में मनुष्य और लेखक, दोनों की मुक्ति है। इसमें मैं कोई 'भोक्ता' और 'सर्जक' की निःसंगता की बात नहीं दुहरा रहा हूँ। पर गर्दिश को फिर याद करने, उसे जीने में दारुण कष्ट है। समय के सींगों को मैंने मोड़ दिया था। अब फिर उन सींगों को सीधा करके कहूँ—आ बैल, मुझे मार!

गर्दिश कभी थी अब नहीं है, आगे नहीं होगी—यह गलत है। गर्दिश का सिलसिला बदस्तूर है, मैं निहायत बेचैन मन का संवेदनशील आदमी हूँ। मुझे चैन कभी मिल ही नहीं सकता। इसलिए गर्दिश नियति है।

हाँ, यादें बहुत हैं। पाठक को शायद इसमें दिलचस्पी हो कि यह जो हरिशंकर परसाई नाम का आदमी है, जो हँसता है, जिसमें मस्ती है, जो ऐसा तीखा है, कटु है—इसकी अपनी जिन्दगी कैसी रही है? यह कब गिरा फिर कब उठा? कैसे टूटा? कैसे फिर से जुड़ा? यह एक निहायत कटु, निर्मम और धोबीपछाड़ आदमी है।

संयोग कि बचपन की सबसे तीखी याद 'प्लेग' की है। 1936 या 37 होगा। मैं शायद आठवीं का छात्र था। कस्बे में प्लेग पड़ी थी। आबादी घर

छोड़ जंगल में टपरे बना कर रहने चली गयी थी। हम नहीं गये थे। माँ सख्त बीमार थी। उन्हें लेकर जंगल नहीं जाया जा सकता था। भाँय-भाँय करते पूरे आस-पास में हमारे घर ही चहल-पहल थी। काली रातें। इनमें हमारे घर जलने वाले कंदील। मुझे इन कंदीलों से डर लगता था। कुत्ते तक बस्ती छोड़ गये थे, रात के सन्नाटे में हमारी आवाजें हमें ही डरावनी लगती थीं। रात को मरणासन्न माँ के सामने हम लोग आरती गाते—जय जगदीश हरे, भक्त जनों के संकट पल में दूर करे। गाते-गाते पिताजी सिसकने लगते, माँ बिलख कर हम बच्चों को हृदय से चिपटा लेती और हम भी रोने लगते। रोज का यह नियम था। फिर रात को पिताजी, चाचा और दो-एक रिश्तेदार लाठी-बल्लम लेकर घर के चारों तरफ घूम-घूम कर पहरा देते। ऐसे भयकारी, त्रासदायक वातावरण में एक रात तीसरे पहर माँ की मृत्यु हो गयी। कोलाहल और विलाप शुरू हो गया। कुछ कुत्ते भी सिमट कर आ गये और योग देने लगे।

पाँच भाई-बहनों में माँ की मृत्यु का अर्थ मैं ही समझाता था—सबसे बड़ा था।

प्लेग की वे रातें मेरे मन में गहरे उतरी हैं। जिस आंतक, अनिश्चय, निराशा और भय के बीच हम जी रहे थे, उसके सही अकंन के लिए बहुत पन्ने चाहिए। यह भी कि पिता के सिवा हम कोई टूटे नहीं थे। वह टूट गये थे। वह इसके बाद भी 5-6 साल जिये, लेकिन लगातार बीमार, हताश, निष्क्रिय और अपने से ही डरते हुए। धंधा ठप्प। जमा-पूँजी खाने लगे। मेरे मैट्रिक पास होने की राह देखी जाने लगी। समझने लगा था कि पिताजी भी अब जाते ही हैं। बीमारी की हालत में उन्होंने एक बहन की शादी कर ही दी थी—बहुत मनहूस उत्सव था वह। मैं बराबर समझ रहा था कि मेरा बोझ कम किया जा रहा है। पर अभी दो छोटी बहनें और एक भाई थे।

मैं तैयार होने लगा। खूब पढ़ने वाला, खूब खेलने वाला और खूब खाने वाला मैं शुरू से था। पढ़ने और खेलने में मैं सब भूल जाता। मैट्रिक हुआ, जंगल विभाग में नौकरी मिली। जंगल में सरकारी टपरे में रहता। ईंटें रखकर, उन पर पटिये जमा कर बिस्तर लगाता, नीचे जमीन चूहों ने पोली कर दी थी। रात भर नीचे चूहे धमाचौकड़ी करते रहते और मैं सोता रहता। कभी चूहे ऊपर आ जाते तो नींद टूट जाती पर मैं फिर सो जाता। छह महीने धमाचौकड़ी करते

चूहों पर मैं सोया।

बेचारा परसाई?

नहीं, नहीं, मैं खूब मस्त था। दिन भर काम। शाम को जंगल में घुमाई। फिर हाथ से बना कर खाया गया भरपेट भोजन—शुद्ध घी और दूध। और चूहों ने बड़ा उपकार किया। ऐसी आदत डाली कि आगे की जिन्दगी में भी तरह-तरह के चूहे मेरे नीचे ऊधम करते रहे हैं, साँप तक सर्राते रहे हैं, मगर मैं पटिये बिछा कर पटिये पर सोता रहा हूँ। चूहों ने ही नहीं, मनुष्यनुमा बिच्छुओं और साँपों ने भी मुझे बहुत काटा है—पर 'जहर मोहरा' मुझे शुरू में ही मिल गया। इसलिए 'बेचारा परसाई' का मौका ही नहीं आने दिया। उसी उम्र से दिखाऊ सहानुभूति से मुझे बेहद नफरत है। अभी भी दिखाऊ सहानुभूति वाले को चाँटा मार देने की इच्छा होती है, जब्त कर जाता हूँ, वरना कई शुभचिंतक पिट जाते।

फिर स्कूल मास्टरी। फिर टीचर्स ट्रेनिंग और नौकरी की तलाश—उधर पिताजी मृत्यु के नजदीक। भाई पढ़ाई रोककर उनकी सेवा में। बहनें बड़ी बहन के साथ, हम शिक्षण की शिक्षा ले रहे हैं।

फिर नौकरी की तलाश। एक विद्या मुझे और आ गयी थी—बिना टिकट सफर करना। जबलपुर से इटारसी, टिमरनी, खंडवा, इन्दौर, देवास बार-बार चक्कर लगाने पड़ते। पैसे थे नहीं। मैं बिना टिकट बेखटके गाड़ी में बैठ जाता। तरकीबें बचने की बहुत आ गयी थीं। पकड़ा जाता तो अच्छी अंग्रेजी में अपनी मुसीबत का बखान करता। अंग्रेजी के माध्यम से मुसीबत बाबुओं को प्रभावित कर देती और वे कहते—लेट्स हेल्प दि पूअर बॉय।

दूसरी विद्या सीखी—उधार माँगने की। मैं बिल्कुल निःसंकोच भाव से किसी से भी उधार माँग लेता। अभी भी इस विद्या में सिद्ध हूँ।

तीसरी चीज सीखी बेफिक्री! जो होना होगा, होगा, क्या होगा? ठीक ही होगा। मेरी एक बुआ थी। गरीब, जिन्दगी गर्दिश भरी, मगर अपार जीवन-शक्ति थी उसमें। खाना बनने लगता तो उनकी बहू कहती—बाई, न दाल ही है न तरकारी। बुआ कहती—चल, चिन्ता नहीं। राह-मोहल्ले में निकलती और जहाँ उसे छप्पर पर सब्जी दिख जाती, वहीं अपनी हम-उम्र मालकिन से कहती—ए कौशल्या, तेरी तोरई अच्छी आ गयी है। जरा दो मुझे तोड़ के दे। और खुद तोड़ लेती। बहू से कहती—ले बना डाल, जरा पानी जादा डाल देना। मैं यहाँ-वहाँ से मारा हुआ

उसके पास जाता तो वह कहती—चल, कोई चिन्ता नहीं, कुछ खा ले।

उसका यह वाक्य मेरे लिए ताकत बना—कोई चिन्ता नहीं।

गर्दिश, फिर गर्दिश!

होशंगाबाद शिक्षा अधिकारी से नौकरी माँगने गये। निराश हुए। स्टेशन पर इटारसी के लिए गाड़ी पकड़ने के लिए बैठा था, पास में एक रुपया था, जो कहीं गिर गया था। इटारसी तो बिना टिकट चला जाता। पर खाऊँ क्या? दूसरे महायुद्ध का जमाना। गाड़ियाँ बहुत लेट होती थीं। पेट खाली। पानी से बार-बार भरता। आखिर बेंच पर लेट गया। 14 घंटे हो गये। एक किसान परिवार पास आकर बैठ गया। टोकरे में अपने खेत के खरबूज़े थे, मैं उस वक्त चोरी भी कर सकता था। किसान खरबूज़ा काटने लगे। मैंने कहा—तुम्हारे ही खेत के होंगे। बड़े अच्छे हैं। किसान ने कहा—सब नर्मदा मैया की किरपा है भैया! शक्कर की तरह हैं। लो खाके देखो। उसने दो बड़ी फाँकें दीं। मैंने कम-से-कम छिलका छोड़ कर खा लिया। पानी पिया। तभी गाड़ी आयी और हम खिड़की से घुस गये।

नौकरी मिली जबलपुर के सरकारी स्कूल में। किराये तक के पैसे नहीं। अध्यापक महोदय ने दरी में कपड़े बाँधे और बिना टिकट चढ़ गये गाड़ी में। सामान के कारण इस बार थोड़ा खटका था। पास में कलेक्टर का खानसामा बैठा था। बातचीत चलने लगी। आदमी मुझे अच्छा लगा। जबलपुर आने लगा तो मैंने उसे अपनी समस्या बतायी। उसने कहा—चिन्ता मत करो। सामान मुझे दो। मैं बाहर राह देखूँगा। तुम कहीं पानी पीने के बहाने सींखचों के पास पहुँच जाना। नल सींखचों के पास ही हैं। वहाँ सींखचों को उखाड़ कर निकलने की जगह बनी हुई है। खिसक लेना। मैंने वैसा ही किया। बाहर खानसामा मेरा सामान लिये खड़ा था। मैंने सामान लिया और चल दिया शहर की तरफ। कोई मिल ही जायेगा, जो कुछ दिन पनाह दे देगा, अनिश्चय में जी लेना मुझे तभी आ गया था।

पहले दिन जब बाकायदा 'मास्साब' बने तो बहुत अच्छा लगा। पहली तनख्वाह मिली ही थी कि पिताजी की मृत्यु की खबर आ गयी। माँ के बचे जेवर बेच कर पिता का श्राद्ध किया और अध्यापकी के भरोसे बड़ी जिम्मेदारियाँ

लेकर जिन्दगी के सफर पर निकल पड़े।

उस अवस्था की इन गर्दिशों का जिक्र मैं आखिर क्यों इस विस्तार से कर गया? गर्दिशें बाद में भी आयीं, अब भी आती हैं, आगे भी आयेंगी पर उस उम्र की गर्दिशों की अपनी अहमियत है। लेखक की मानसिकता और व्यक्तित्व-निर्माण से इनका गहरा सम्बन्ध है।

मैंने कहा है—मैं बहुत भावुक, संवेदनशील और बेचैन तबीयत का आदमी हूँ। सामान्य स्वभाव का आदमी ठंडे-ठंडे जिम्मेदारियाँ भी निभा लेता, रोते-गाते दुनिया से तालमेल भी बिठा लेता और एक व्यक्तित्वहीन नौकरीपेशा आदमी की तरह जिन्दगी साधारण सन्तोष से भी गुजार लेता।

मेरे साथ ऐसा नहीं हुआ, जिम्मेदारियाँ, दुखों की वैसी पृष्ठभूमि और अब चारों तरफ से दुनिया के हमले—इस सबके बीच सबसे बड़ा सवाल था अपने व्यक्तित्व और चेतना की रक्षा। तब सोचा भी नहीं था कि लेखक बनूँगा। पर मैं अपने विशिष्ट व्यक्तित्व की रक्षा तब भी करना चाहता था।

जिम्मेदारी को गैर-जिम्मेदारी की तरह निभाओ!

मैंने तय किया—परसाई, डरो किसी से मत। डरे कि मरे। सीने को ऊपर-ऊपर कड़ा कर लो। भीतर तुम जो भी हो, जिम्मेदारी को गैर-जिम्मेदारी के साथ निभाओ। जिम्मेदारी को अगर जिम्मेदारी के साथ निभाओगे तो नष्ट हो जाओगे। और अपने से बाहर निकल कर सब में मिल जाने से व्यक्तित्व और विशिष्टता की हानि नहीं होती। लाभ ही होता है। अपने से बाहर निकलो। देखो, समझो और हँसो!

मैं डरा नहीं। बेईमानी करने में भी नहीं डरा। लोगों से नहीं डरा, तो नौकरियाँ गयीं। लाभ गये, पद गये, इनाम गये। गैर-जिम्मेदार इतना कि बहन की शादी करने जा रहा हूँ। रेल में जेब कट गयी मगर अगले स्टेशन पर पूड़ी-साग खा कर मजे में बैठा हूँ कि चिन्ता नहीं। कुछ हो ही जायेगा। और हो गया। मेहनत और परेशानी जरूर पड़ी। यों कि बेहद बिजली-पानी के बीच एक पुजारी के साथ बिजली की चमक से रास्ता खोजते हुए रात भर में अपनी बड़ी बहन के गाँव पहुँचना और कुछ घंटे रहकर फिर वापसी यात्रा। फिर दौड़-धूप! मगर मदद आ गयी और शादी भी हो गयी।

इन्हीं सब परिस्थितियों के बीच मेरे भीतर लेखक कैसे जन्मा, यह सोचता हूँ। पहले अपने दुखों के प्रति सम्मोहन था। अपने को दुखी मान कर और मनवा कर आदमी राहत भी पा लेता है। बहुत लोग अपने लिए बेचारा सुनकर सन्तोष का अनुभव करते हैं। मुझे भी पहले ऐसा लगा। पर मैंने देखा, इतने ज्यादा बेचारों में मैं क्या बेचारा! इतने विकट संघर्षों में मेरा क्या संघर्ष!

मेरा अनुमान है मैंने लेखन को दुनिया से लड़ने के लिए एक हथियार के रूप में अपनाया होगा। दूसरे, इसी में मैंने अपने व्यक्तित्व की रक्षा का रास्ता देखा। तीसरे, अपने को अविशिष्ट होने से बचाने के लिए मैंने लिखना शुरू कर दिया। यह तब की बात है, मेरा खयाल है, तब ऐसी ही बात होगी।

पर जल्दी ही मैं व्यक्तिगत दुःख के इस सम्मोहन-जाल से निकल गया। मैंने अपने को विस्तार दे दिया। दुखी और भी हैं। अन्याय-पीड़ित और भी हैं। अनगिनत शोषित हैं। मैं उनमें से एक हूँ। पर मेरे हाथ में कलम है और मैं चेतना-सम्पन्न हूँ।

यहीं कहीं व्यंग्य-लेखक का जन्म हुआ। मैंने सोचा होगा—रोना नहीं है लड़ना है। जो हथियार हाथ में है, उसी से लड़ना है। मैंने तब ढंग से इतिहास, समाज, राजनीति और संस्कृति का अध्ययन शुरू किया। साथ ही एक औघड़ व्यक्तित्व बनाया। और बहुत गम्भीरता से व्यंग्य लिखना शुरू कर दिया।

मुक्ति अकेले की नहीं होती। अलग से अपना भला नहीं हो सकता। मनुष्य की छटपटाहट है मुक्ति के लिए, सुख के लिए, न्याय के लिए। पर यह बड़ी लड़ाई अकेले नहीं लड़ी जा सकती है। अकेले वही सुखी है, जिन्हें कोई लड़ाई नहीं लड़नी। उनकी बात अलग है। अनगिनत लोगों को सुखी देखता हूँ और अचरज करता हूँ कि ये सुखी कैसे हैं! न उनके मन में सवाल उठते, न शंका उठती है। ये जब-तब सिर्फ शिकायत कर लेते हैं। शिकायत भी सुख देती है। और वे ज्यादा सुखी हो जाते हैं। कबीर ने कहा है—

सुखिया सब संसार है, खावै और सोवै।
दुखिया दास कबीर है, जागै और रोवै।

जागने वाले का रोना कभी खत्म नहीं होता। व्यंग्य-लेखक की गर्दिश भी खत्म नहीं होगी।

ताजा गर्दिश यह है कि पिछले दिनों राजनीतिक पद के लिए पापड़ बेलते रहे। कहीं से उम्मीद दिला दी गयी कि राज्य सभा में हो जायेगा। एक महीना बड़ी गर्दिश में बीता। घुसपैठ की आदत नहीं है चिट भीतर भेज कर बाहर बैठे रहने में हर क्षण मृत्यु, पीड़ा होती है। बहादुर लोग तो महीनों चिट भेज कर बाहर बैठे रहते हैं, मगर मरते नहीं। अपने से नहीं बनता। पिछले कुछ महीने ऐसी गर्दिश के थे। कोई लाभ खुद चल कर दरवाजे पर नहीं आता। उसे मनाना पड़ता है। चिरौरी करनी पड़ती है। लाभ थूकता है तो उसे हथेली पर लेना पड़ता है। इस कोशिश में बड़ी तकलीफ हुई। बड़ी गर्दिश भोगी।

मेरे जैसे लेखक की एक और गर्दिश है। भीतर जितना बवंडर महसूस कर रहे हैं, उतना शब्दों में नहीं आ रहा है, तो रात-दिन बेचैन हैं। यह बड़ी गर्दिश का वक्त होता है, जिसे सर्जक ही समझ सकता है।

यों गर्दिशों की एक याद है। पर सही बात यह है कि कोई दिन गर्दिश से खाली नहीं है। और न कभी गर्दिश का अन्त होना है। यह और बात है कि शोभा के लिए कुछ अच्छे किस्म की गर्दिशें चुन ली जायें। उनका मेकअप कर दिया जाये, उन्हें अदाएँ सिखा दी जायें—थोड़ी चुलबुली गर्दिश हो तो और अच्छा—और पाठक से कहा जाये—ले भाई, देख मेरी गर्दिश!

फ़ेल होना कुँअर अस्तभान का और करना आत्महत्या की तैयारी

किसी राजा का एक बेटा था जिसे लोग अस्तभान नाम से पुकाराते थे। उसने अट्ठाइसवाँ वर्ष पार किया था और उन्तीसवें में लगा था। पर राजा ने स्कूल में उसकी उम्र चार साल कम लिखाई थी, इसलिए स्कूल रजिस्टर के मुताबिक उसकी उम्र चौबीस साल ही होती थी।

कुँअर अस्तभान का एक मित्र था जिसका नाम मुफ़तलाल था। मुफ़तलाल उस युग में बड़ा प्रसिद्ध आदमी हो गया। जब लोगों को 'जैसा नाम वैसा काम' का उदाहरण देना होता, तो वे मुफ़तलाल का नाम लेते थे। कुँअर अस्तभान और मुफ़तलाल दोनों बचपन के साथी थे। दोनों साथ स्कूल जाते और एक ही बैंच पर बैठते। दोनों कक्षा में बैठे-बैठे साथ-साथ मूँगफली खाते; पर पिटता मुफ़तलाल था। अस्तभान बच जाता क्योंकि वह राजा का लड़का था। दोनों पुस्तकें बेचकर मेटिनी शो सिनेमा देखते। परीक्षा में दोनों फ़ेल हो जाते। बकरे की बोली बोलना दोनों ने एक साथ ही सीखा था और दोनों लड़कियों के कॉलेज में चौराहे पर साथ-साथ बकरे की बोली बोलते थे। इस प्रकार दोनों की शिक्षा-दीक्षा एक-सी अच्छी हुई थी। पर एक राजकुमार था और दूसरा उसका मुसाहिब। इसी को लक्ष्य करके किसी ने कहा है—'दो फूल साथ फूले, किस्मत जुदा जुदा।'

मई का महीना है। यह परीक्षाओं के रिज़ल्ट खुलने का मौसम है। दोनों मित्र इस वर्ष बी. ए. की परीक्षा में बैठे हैं।

प्रभात का सुहावना समय है। अस्तभान अपने कमरे में बैठा है। पास ही मुफ़तलाल है। अस्तभान की गोद में चार-पाँच अख़बार पड़े हैं। वह एक

अख़बार उठाता है और उसमें छपे सब नाम पढ़ता है। फिर एक आह भरकर रख देता है। तब दूसरा अख़बार उठाता है। उसमें छपे हुए नाम पढ़कर एक आह के साथ उसे भी रख देता है। इस प्रकार वह सब अख़बार पढ़कर रख देता है और खिड़की के बाहर देखने लगता है। मुफ़तलाल छत पर टकटकी लगाये बैठा है।

कमरे में बड़ी भयानक शान्ति है। शान्ति को अस्तभान भंग करता है। मुफ़तलाल की तरफ़ नज़र घुमाकर कहने लगा, "मित्र, तुम पास हो गये और मैं इस बार भी फ़ेल हो गया।"

मुफ़तलाल की आँखों से टप्-टप् आँसू चूने लगे। वह बोला, "कुमार, मैं पास हो गया, इस ग्लानि से मैं मरा जा रहा हूँ। आपके फ़ेल होते हुए मेरा पास हो जाना, इतना बड़ा अपराध है कि इसके लिए मेरा सिर भी काटा जा सकता है। मैं अपना यह काला मुँह कहाँ छिपाऊँ? यदि हम दूसरी मंजिल पर न होते, जमीन पर होते, तो मैं कहता—हे माँ पृथ्वी तू फट जा और मैं समा जाऊँ।"

मित्र के सच्चे पश्चात्ताप से अस्तभान का मन पिघल गया। वह अपना दुःख भूल गया और उसे समझाने लगा, "मित्र, दुखी मत होओ होनी पर किसी का वश नहीं। तुम्हारा वश चलता तो मुझे छोड़कर कभी पास न होते।"

मुफ़तलाल कुछ स्वस्थ हुआ। अस्तभान ने अख़बारों को देखा और क्रोध से उसका मुँह लाल हो गया। उसने सब अख़बारों को फाड़कर टुकड़े-टुकड़े कर दिया। फिर पसीना पोंछकर बोला, "किसी अख़बार में हमारा नाम नहीं छपा। ये अख़बार वाले मेरे पीछे पड़े हैं। ये मेरा नाम कभी नहीं छापेंगे। भला यह भी कोई बात है कि जिसका नाम अख़बार वाले छापें, वह पास हो जाये और जिसका न छापें, वह फ़ेल हो जाये। अब तो पास होने के लिए मुझे अपना ही अख़बार निकालना पड़ेगा। तुम्हें मैं उसका संपादक बनाऊँगा और तब तुम मेरा नाम पहले दर्जे में छापना।"

मुफ़तलाल ने विनम्रता से कहा, "सो तो ठीक है, पर मेरे छाप देने से विश्वविद्यालय कैसे मानेगा?"

कुँअर ने कहा, "और इन अख़बारों की बात क्यों मान लेता है?"

मुफ़तलाल का हँसने का मन हुआ। पर राजकुमार की बेवकूफ़ी पर हँसना कानूनन जुर्म है, यह सोचकर उसने गम्भीरता से कहा, "कुमार, पास-फ़ेल तो विश्वविद्यालय करता है। अख़बार तो इसकी सूचना मात्र छापते हैं।"

अस्तभान अब विचार में पड़ गया। हाथों की उँगलियाँ आपस में फँस गयीं और सिर लटक गया। बड़ी देर वह इस तरह बैठा रहा। फिर एकाएक उठा और निश्चय के स्वर में बोला, "सखा, हम आत्महत्या करेंगे। चार बार हम बी. ए. में फ़ेल हो चुके। फ़ेल होने के बाद आत्महत्या करना वीरों का कार्य है। हम वीर-कुल के हैं। हम क्षत्रिय हैं। हम आन पर मर मिटते हैं । हमें तो पहली बार फ़ेल होने पर ही आत्महत्या कर लेनी थी। पर हमने विश्वविद्यालय को तीन मौके और दिये। अब बहुत हो चुका। हमें आत्महत्या कर ही लेनी चाहिए। जाओ, इसका प्रबन्ध करो।"

मुफ़तलाल उस तेज को देखकर सहम गया। वह चाहता था कि अस्तभान कुछ दिन और जिन्दा रहे। उसने डिप्टी कलेक्टरी के लिए दरख्वास्त दी थी और चाहता था कि अस्तभान सिफ़ारिश कर दे। वह समझाने लगा, "कुमार मन को इतना छोटा मत करिये। आप ऊँचे खानदान के आदमी हैं। आपके कुल में विद्या की परम्परा नहीं है। आपके पूज्य पितामह तो अँगूठा बारहखड़ी से मुश्किल से आगे बढ़े, और आपके प्रातःस्मरणीय पिता अँगूठा लगाते थे। ऐसे कुल में जन्म लेकर आप बी. ए. तक पढ़े, यह कम महत्त्व की बात नहीं है। इसी बात पर आपका सार्वजनिक अभिनन्दन होना चाहिए। कुमार, पढ़ना-लिखना हम छोटे आदमियों का काम है। हमें नौकरी करके पेट जो भरना है। पर आपकी तो पुश्तैनी जायदाद है। आप क्यों विद्या के चक्कर में पड़ते हैं?"

दुविधा पैदा हो गयी थी। ऐसे मौके पर अस्तभान हमेशा मुफ़तलाल की सलाह माँगता था। उसे विश्वास था कि वह उसे नेक सलाह देता है। कहने लगा, "मित्र मैं दुविधा में पड़ गया हूँ। तू जानता है, मैं तो तेरी सलाह मानता हूँ। जो कपड़ा तू बताता है, वही पहनता हूँ। जो फ़िल्म तू सुझाता है, वही देखता हूँ। तू ही बता मैं क्या करूँ? मैं तो सोचता हूँ कि आत्महत्या कर ही लूँ।"

मुफ़तलाल ने कहा, "जी हाँ कर लीजिए।"

अस्तभान कुछ सोचकर बोला, "या अभी न करूँ?"

मुफ़तलाल ने झट कहा, "जी हाँ मत करिये। मेरा भी ऐसा ही खयाल है।"

कुँअर फिर सोचने लगा। सोचते-सोचते बोला, "एक साल और रुकूँ। अगले साल कर लूँगा। क्या कहते हो?"

मुफ़तलाल ने कहा, "जी हाँ, मैं भी सोचता हूँ कि अगले साल ही

करिये।"

कुँअर फिर बोला, "पर फ़ेल तो अगले साल भी होना है। अच्छा है अभी आत्महत्या कर डालूँ।"

मुफ़तलाल ने कहा, "जी हाँ, जैसे तब, वैसे अब। कर ही डालिये।"

कुँअर अस्तभान बहुत प्रसन्न हुआ। उसने मुफ़तलाल को गले से लगाकर कहा, "मित्र, मैं इसीलिए तो तेरी कद्र करता हूँ कि तू बिलकुल स्वतंत्र और नेक सलाह देता है। तुझ सा सलाहकार पाकर मैं धन्य हो गया।"

मुफ़तलाल सकुचा गया। कहने लगा, "हैं-हैं, यह तो कुमार की कृपा है। मैं तो बहुत छोटा आदमी हूँ। पर इतना अलबत्ता है कि जो बात आपके भले की होगी, वही कहूँगा—आपको बुरा लगे या भला। मुँह देखी बात मैं नहीं करता।"

"मैं जानता हूँ, मैं जानता हूँ।" कुँअर ने कहा, "तो अब यह तय हो गया कि हम आत्महत्या करेंगे। इसके लिए सारा प्रबन्ध तुम्हारे जिम्मे है। प्राचीनकाल से लेकर अभी तक आत्महत्या के जितने तरीके अपनाये गये हैं, उन सबका अध्ययन करके, ऐसा तरीका चुनो, जो अवसर के अनुकूल हो और हमारी प्रतिष्ठा के योग्य हो।"

मुफ़तलाल ने सिर झुकाकर कहा, "जो आज्ञा, कुमार।" वह वहीं खड़ा-खड़ा कभी अस्तभान को देखता और कभी फर्श को। वह कुछ कहना चाहता था। उसके भीतर भावों का तूफान उठ रहा था। उसकी यह हालत देखकर अस्तभान ने कहा, "तुम कुछ कहना चाहते हो, मुफ़तलाल।"

"जी," मुफ़तलाल ने कहा।

"तो बोलो, क्या बात है?"

मुफ़तलाल बोला, "कुमार, मैं भी आपके साथ चलूँगा।"

"कहाँ।"

"उस लोक में। मैं भी आत्महत्या करूँगा।"

इस स्नेह से अस्तभान का हृदय भर आया। बड़ी मुश्किल से आँसू रोककर उसने कहा, "मित्र, मैं तेरे प्रेम को जानता हूँ। पर अवसर नहीं, तू आत्महत्या कैसे करेगा? तू तो पास हो गया है। तेरे लिए आत्महत्या का मौका तब आयेगा जब तेरी नौकरी नहीं लगेगी। तू तो जानता है कि कोई युवक परीक्षा में फ़ेल होने से चाहे बच जाये, पर बेकारी से नहीं बच सकता। तू बेकारी के

कारण आत्महत्या करना और मुझसे आ मिलना।"

मुफ़तलाल ने कहा, "सो तो ठीक है, कुमार। पर तब यहाँ कैसे गुजर होगी? मेरा कोई और सहारा नहीं है। मैंने आपके सिवा किसी को नहीं जाना।" वह रो पड़ा।

कुँअर की भी आँखें भर आयीं। उसने मुफ़तलाल को गले लगाया और कहा, "मैं जानता हूँ कि मेरे बिना तेरा जीवन दूभर हो जायेगा। मैं तेरी गुज़र-बसर के लिए कोई इन्तजाम कर जाऊँगा। डिप्टी क्लेक्टरी के लिए तेरी सिफारिश भी कर जाऊँगा। 'लोक-सेवा आयोग' मेरी अन्तिम इच्छा अवश्य मानेगा।"

मुफ़तलाल इस बात से बड़ा प्रसन्न हुआ, पर प्रसन्नता को दबा कर रुआसे स्वर में बोला, "मेरा जी यहाँ कैसे लगेगा? मैं तो आपके साथ ही चलूँगा।"

"नहीं मित्र," अस्तभान ने समझाया, "तेरे लिए यहाँ बहुत काम बाकी है। अभी तो तुझे मेरा स्मारक बनवाना है। तू नहीं रहा तो मेरा स्मारक कौन बनवायेगा? मेरी मृत्यु की खबर फैलते ही तुझे जगह-जगह शोक सभाएँ भी करवानी हैं। स्मारक के लिए तू चन्दा इकट्ठा करेगा ही; उसमें से तू कमीशन भी ले सकता है। ठेकेदारों से भी तू कमीशन बाँध सकता है। तू चाहे जितने वर्ष स्मारक का काम खींच सकता है। इस तरह तेरी जीविका की समस्या भी हल हो जायेगी और मेरा स्मारक भी बन जायेगा।"

मुफ़तलाल का मन कुछ हल्का हुआ वह आत्महत्या का प्रबन्ध करने चला गया।

अस्तभान जानता था कि आत्महत्या करने वाला चिट्ठियाँ लिखकर छोड़ जाता है। मरनेवाले की प्रतिष्ठा इन्हीं चिट्ठियों पर निर्भर रहती है। कभी-कभी चिट्ठी लिखने में इतनी देर लग जाती है कि मरनेवाले का मन बदल जाता है और वह इरादा त्याग देता है। यह सोच, अस्तभान जल्दी ही चिट्ठी लिखने बैठ गया। पहली चिट्ठी उसने अपने पिता जी को लिखी :

पूज्य पिताजी,

जब यह चिट्ठी आपको मिलेगी, तब तक मैं इस असार संसार से कूच कर जाऊँगा। आपके हृदय को थोड़ा आघात अवश्य लगेगा—ऐसी मुझे आशा है। पर आप यह सोच कर शान्ति प्राप्त करेंगे कि आपके बेटे ने एक महान् उद्देश्य के लिए प्राणोत्सर्ग किया है। पिताजी, अपने कुल में विद्या की परम्परा नहीं है। आप

बारहखड़ी से आगे नहीं बढ़े और पितामह स्याही का उपयोग केवल अँगूठा लगाने के लिए करते थे। मैंने विद्या की परम्परा डालने की कोशिश की। पर मैं असफल हुआ। मेरे और आपके प्रयत्नों में कमी नहीं रही। मैंने पाठ्य पुस्तकों को कभी नहीं छुआ और न कक्षा में अध्यापकों की बातें कान पर धरीं। मैंने केवल उन नोट्स और कुंजियों का अध्ययन किया जो 'एन एक्सपीरिएन्स्ड प्रोफेसर' और एक 'गोल्ड मेडेलिस्ट' लिखते हैं। मैंने इनमें इतना मन लगाया कि परीक्षा कॉपी में मैंने लिखा कि 'जूलियस सीज़र' नाटक का लेखक 'एन एक्सपीरिएन्स्ड प्रोफेसर' है और 'विनय पत्रिका' एक 'गोल्डमेडेलिस्ट' ने लिखी है। गोल्डस्मिथ के बारे में मैंने इतने अच्छे-अच्छे और सही उत्तर लिखे, पर परीक्षक कहते हैं कि ये गलत हैं। मैंने प्रश्नपत्र 'आउट' करने की भी कोशिश की और कुछ अंशों में सफल भी हो गया। फिर मैंने विश्वविद्यालय से कोरी परीक्षा-कापियाँ चुराने की भी कोशिश की, पर पकड़ लिया गया। तब आपने मामले को दबवाया। परीक्षा में मैंने भरसक नकल भी की। परीक्षा के बाद परीक्षकों को नम्बर बढ़ाने के लिए आपने मनमाना रुपया भी दिया। कुछ ने नम्बर बढ़ाये, कुछ रुपया खा गये पर नम्बर नहीं बढ़ाये और कुछ तो ऐसे नीच निकले कि साफ इन्कार कर गये। इन्हीं के कारण मैं फ़ेल हो गया। मेरी और आपकी सारी कोशिशें बेकार गयीं। हमारे वीर कुल के लिए यह बड़ी लज्जा की बात है। मुझसे आठवीं पीढ़ी में हमारे एक पूर्वज एक लड़ाई में हार गये थे, तो उन्होंने आत्महत्या कर ली थी। मैं भी विद्या के क्षेत्र में हार गया हूँ। मैं अपने उस यशस्वी पूर्वज का अनुसरण कर रहा हूँ।

मैं आपकी कोई सेवा नहीं कर सका। अन्तिम समय आपको एक भेंट देना चाहता हूँ। मेरे कमरे की अलमारी में 100 साल पुरानी शराब रखी है, जो मैंने जंगल महकमे के फरनेंडीज साहब के मारफत मँगाई थी। यह बहुत अच्छी शराब है। इसे आप मेरी तुच्छ भेंट के रूप में स्वीकारें। इसे पीकर आप मेरा दुःख भूल जायेंगे।

अच्छा, अब आशीर्वाद दें कि उस लोक में पढ़ाई के झंझट से मुझे मुक्त रखा जाये।

बिदा!

आपका अभागा बेटा

अस्तभान

पुनश्च:

आपने मेरी मित्र मिस सुरमादेवी से मेल-जोल बढ़ाना चाहा था जो मैंने नहीं बढ़ने दिया अब आप बढ़ा सकते हैं।

—अस्त.

इसके बाद अस्तभान ने अख़बारों के लिए एक बयान लिखा जिसमें अपनी मृत्यु के कारणों पर प्रकाश डाला। उस युग की सामाजिक परिस्थितियों पर इस वक्तव्य से अच्छा प्रकाश पड़ता है—

....मैं इस दुनिया से बहुत दूर चला गया हूँ, जहाँ ऐ दुनियावालो! तुम्हारा अन्याय मुझे नहीं छू सकता। पर मैं पूछता हूँ कि क्या तुमने मेरे साथ अच्छा सलूक किया? मैं चाहे जितना पैसा खर्च कर सकता था और बदले में एक छोटी-सी चीज़ चाहता था—बी. ए. की डिग्री? जो लाखों को हर साल मुफ्त मिल जाती है। मैं विश्वविद्यालयों से पूछता हूँ कि यह कहाँ का न्याय है कि जिन्हें दोनों जून खाने को नहीं मिलता उन्हें तो डिग्री मिल जाती है, और हम फ़ेल हो जाते हैं। हमें, जिन्हें बिना परीक्षा के ही डिग्री दे देनी चाहिए, एक-एक नम्बर के लिए दर-दर भटकना पड़े, और जिनके पास फूटी कौड़ी नहीं है, वे घर बैठे नम्बर पा जायें। घोर अन्याय है।

मैं जानता हूँ कि ऊँचे खानदानों के हजारों युवक यह अन्याय सहते हैं और चुप रहते हैं। मैं उन्हें धिक्कारता हूँ। मेरी नसों में वीर कुल का रक्त बहता है। इसलिए मैं इस अन्याय के विरोध में आत्महत्या कर रहा हूँ। मेरे बलिदान से लोगों की आँखें खुलें और वे आगामी पीढ़ियों के लिए न्यायोचित व्यवस्था करें।

मैं इस सम्बन्ध में निम्नलिखित सुझाव देता हूँ जिन पर विश्वविद्यालयों की एकेडेमिक कौंसिलें विचार करें—

1. एक खास आमदनी के ऊपर वालों के पुत्र-पुत्रियों को बिना परीक्षा दिये सम्मानपूर्ण डिग्रियाँ दे देने की व्यवस्था हो।

2. प्रति पेपर जो एक ख़ास रकम दे सके, उसे उस पेपर में नकल करने की सुविधा दी जाये। इसके लिए उस विषय के जानकार प्रोफेसरों को नकल कराने का काम सौंपा जाये और उन्हें इसका अलग अलाउंस मिले।

3. जिस तरह बाजार में और चीजें बिकती हैं, उसी तरह नम्बर भी बिकें और जिसमें सामर्थ्य हो वह नम्बर खरीद ले।

अभी जो चल रहा है, वह बड़ा गलत है। सब धान बाइस पंसेरी तौला जाता है जिससे कितने ही होनहार युवकों का जीवन नष्ट हो जाता है।

मुझे विश्वास है कि मेरा बलिदान व्यर्थ नहीं जायेगा और विद्या के क्षेत्र में न्याय की प्रतिष्ठा होगी।

द : कुँअर अस्तभान सिंह[1]

अस्तभान थक कर लेट गया। थोड़ी देर बाद मुफ़तलाल आया। उसने कहा, "कुमार, आत्महत्या के सम्बन्ध में मैंने जो खोजबीन की है, उससे इस निष्कर्ष पर पहुँचा हूँ कि आपको पानी में डूब कर आत्महत्या करनी चाहिए। परीक्षा और प्रेम में फ़ेल होने वाले जल समाधि लेते हैं। साधारण आदमी तो चुल्लू भर पानी में डूब कर मर जाता है। पर आप जैसे महान् व्यक्ति को अधिक पानी चाहिए। आपको भेड़ा घाट के जल प्रपात में कूद कर प्राण त्यागना चाहिए। मैंने नौकरों को हुक्म दे दिया है कि घाट पर कैम्प लगायें और आवश्यक सामान वहाँ पहुँचायें। कल सुबह हम लोग वहाँ चलें और तीसरे पहर आप आत्महत्या कर लें।"

अस्तभान को योजना पसन्द आयी। वह तैयारी के सम्बन्ध में मुफ़तलाल से बात करने लगा। फिर उसने पत्र और वक्तव्य मुफ़तलाल को सौंपे।

वह बुरी तरह थक गया था जम्हाई लेकर कहा, " मित्र मैं बहुत थक गया हूँ। रात को अच्छी नींद भी नहीं आयी। माथा भारी है। मैं जरा सो लूँ। वरना तबीयत खराब हो गयी तो कार्यक्रम टालना पड़ेगा ।"

मुफ़तलाल उठ बैठा। प्रणाम करके चला। सोचता जाता था कि ऐसी शान्ति संतों के लिए भी ईर्ष्या की वस्तु है। कल आत्महत्या करनी है और आज किस शान्ति की नींद ले रहे हैं। धन्य हो राजकुमार। महापुरुष ऐसे ही होते हैं।

—रानी नागफनी की कहानी से

---

1. ये दोनों पत्र अपने मूल रूप में अन-नेशनल लायब्रेरी में अभी तक सुरक्षित थे। उक्त लायब्रेरी के लायब्रेरियन ने केवल 500 रु. में ये पत्र चुरा कर लेखक को दे दिये। लेखक उनके प्रति आभारी है।

जैसे उनके दिन फिरे

एक था राजा, राजा के चार लड़के थे। रानियाँ? रानियाँ तो अनेक थीं, महल में एक 'पिंजरापोल' ही खुला था। पर बड़ी रानी ने बाक़ी रानियों के पुत्रों को जहर दे कर मार डाला था। और इस बात से राजा साहब बहुत प्रसन्न हुए थे। क्योंकि वे नीतिवान् थे और जानते थे कि चाणक्य का आदेश है, 'राजा अपने पुत्रों को भेड़िया समझे।' बड़ी रानी के चारों लड़के जल्दी ही राजगद्दी पर बैठना चाहते थे, इसलिए राजा साहब को बूढ़ा होना पड़ा।

एक दिन राजा साहब ने चारों पुत्रों को बुला कर कहा, "पुत्रो, मेरी अब चौथी अवस्था आ गयी है। दशरथ ने कान के पास के केश श्वेत होते ही राजगद्दी छोड़ दी थी। मेरे बाल खिचड़ी दिखते हैं, यद्यपि जब खिज़ाब धुल जाता है तब पूरा सिर श्वेत हो जाता है। मैं संन्यास लूँगा, तपस्या करूँगा। उस लोक को सुधारना है, ताकि तुम जब वहाँ आओ, तो तुम्हारे लिये मैं राजगद्दी तैयार रख सकूँ। आज मैंने तुम्हें यह बतलाने को बुलाया है कि गद्दी पर चार के बैठ सकने लायक जगह नहीं है। अगर किसी प्रकार चारों समा भी गये, तो आपस में धक्का-मुक्की होगी और सभी गिरोगे। मगर मैं दशरथ-सरीख़ी ग़लती भी नहीं करूँगा कि तुम में से किसी के साथ पक्षपात करूँ। मैं तुम्हारी परीक्षा लूँगा। तुम चारों आज ही राज्य से बाहर चले जाओ। ठीक एक साल बाद इसी फाल्गुन की पूर्णिमा को चारों दरबार में उपस्थित होना। मैं देखूँगा कि इस साल में किसने कितना धन कमाया और कौन-सी विशेष योग्यता प्राप्त की। तब मैं मन्त्री की सलाह से, जिसे सर्वोत्तम समझूँगा, राजगद्दी दूँगा।"

'जो आज्ञा' कह कर चारों ने राजा साहब को भक्तिहीन प्रणाम किया और

राज्य के बाहर चले गये।

पड़ोसी राज्य में पहुँचकर चारों राजकुमारों ने चार रास्ते पकड़े और अपने पुरुषार्थ तथा क़िस्मत को अज़माने चल पड़े।

ठीक एक साल बाद–

फाल्गुन की पूर्णिमा को राज-सभा में चारों लड़के हाज़िर हुए। राज सिंहासन पर राजा साहब विराजमान थे, उनके पास ही कुछ नीचे आसान पर प्रधानमंत्री बैठे थे। आगे भाट, विदूषक और चाटुकार शोभा पर रहे थे।

राजा ने कहा, "पुत्रो! आज एक साल पूरा हुआ और तुम सब यहाँ हाज़िर भी हो गये। मुझे उम्मीद थी कि इस एक साल में तुम में से तीन भाई तो बीमारी के शिकार हो जाओगे या कोई एक शेष तीनों को मार डालेगा और मेरी समस्या हल हो जायेगी। पर तुम चारों यहाँ खड़े हो। खैर, अब तुममें से प्रत्येक मुझे बतलाये कि किस ने इस एक साल में क्या काम किया, कितना धन कमाया और राजा के लिए आवश्यक कौन-सी योग्यता प्राप्त की?"

ऐसा कह कर राजा साहब ने बड़े पुत्र की ओर देखा।

बड़ा पुत्र हाथ जोड़कर बोला, "पिताजी, मैं जब दूसरे राज्य पहुंचा, तो मैंने विचार किया कि राजा के लिए ईमानदारी और परिश्रम बहुत आवश्यक गुण है। इसलिए मैं एक व्यापारी के यहाँ गया और उसके यहाँ बोरे ढोने का काम करने लगा। पीठ पर मैंने एक वर्ष बोरे ढोये हैं, परिश्रम किया है। ईमानादारी से धन कमाया है। मजदूरी में से बचायी हुई ये सौ स्वर्ण-मुद्राएँ ही मेरे पास हैं। मेरा विश्वास है कि ईमानदारी और परिश्रम राजा के लिए बहुत आवश्यक है और मुझमें ये हैं, इसलिए राजगद्दी का अधिकारी मैं हूँ।"

वह मौन हो गया। राज-सभा में सन्नाटा छा गया।

राजा ने दूसरे पुत्र को संकेत किया। वह बोला, "पिताजी, मैंने राज्य से निकलने पर सोचा कि मैं राजकुमार हूँ, क्षत्रिय हूँ—क्षत्रिय बाहुबल पर भरोसा करता है। इसलिए मैंने पड़ोसी राज्य में जा कर डाकुओं का एक गिरोह संगठित किया और लूटमार करने लगा। धीरे-धीरे मुझे राज्य कर्मचारियों का सहयोग मिलने लगा और मेरा काम खूब अच्छा चलने लगा। बड़े भाई जिसके यहाँ काम करते थे, उसके यहाँ मैंने दो बार डाका डाला था। इस एक साल की कमाई में पाँच लाख स्वर्ण-मुद्राएँ मेरे पास हैं। मेरा विश्वास है कि राजा को साहसी और

लुटेरा होना चाहिए, तभी वह राज्य का विस्तार कर सकता है। ये दोनों गुण मुझमें हैं, इसलिए मैं ही राजगद्दी का अधिकारी हूँ।"

'पाँच-लाख' सुनते ही दरबारियों की आँख फटी की फटी रह गयीं।

राजा के संकेत पर तीसरा कुमार बोला, "देव, मैंने उस राज्य में जा कर व्यापार किया। राजधानी में मेरी बहुत बड़ी दुकान थी। मैं घी में मूँगफली का तेल और शक्कर में रेत मिलाकर बेचा करता था। मैंने राजा से लेकर मजदूर तक को साल-भर घी शक्कर खिलाया। राज-कर्मचारी मुझे पकड़ते नहीं थे क्योंकि उन सबको मैं मुनाफ़े में से हिस्सा दिया करता था। एक बार स्वयं राजा ने मुझ से पूछा कि शक्कर में यह रेत-सरीखी क्या मिली रहती है? मैंने उत्तर दिया कि करुणानिधान, यह विशेष प्रकार की उच्चकोटि की खदानों से प्राप्त शक्कर है, जो केवल राजा-महाराजाओं के लिए मैं विदेश से मँगाता हूँ। राजा यह सुनकर बहुत खुश हुए। बड़े भाई जिस सेठ के यहाँ बोरे ढोते थे, वह मेरा ही मिलावटी माल खाता था। और मँझले लुटेरे भाई को भी मूँगफली का तेल-मिला घी तथा रेत-मिली शक्कर मैंने खिलाई है। मेरा विश्वास है कि राजा को बेईमान और धूर्त होना चाहिए तभी उसका राज टिक सकता है। सीधे राजा को कोई एक दिन भी नहीं रहने देगा। मुझमें राजा के योग्य दोनों गुण हैं, इसलिए गद्दी का अधिकारी मैं हूँ। मेरी एक वर्ष की कमाई दस लाख स्वर्ण मुद्राएँ मेरे पास हैं।"

'दस लाख' सुनकर दरबारियों की आँखें और फट गयीं।

राजा ने तब सबसे छोटे कुमार की ओर देखा। छोटे कुमार की वेशभूषा और भाव-भंगिमा तीनों से भिन्न थी। वह शरीर पर अत्यन्त सादे और मोटे कपड़े पहने था। पाँव और सिर नंगे थे। उसके मुख पर बड़ी सरलता और आँखों में बड़ी करुणा थी।

वह बोला, "देव, मैं जब दूसरे राज्य में पहुँचा तो मुझे पहले तो यह सूझा ही नहीं कि क्या करूँ। कई दिन मैं भूखा-प्यासा भटकता रहा। चलते-चलते एक दिन मैं एक अट्टालिका के सामने पहुँचा। उस पर लिखा था 'सेवा आश्रम'। मैं भीतर गया तो वहाँ का वैभव देखकर दंग रह गया। ऐसा ऐश्वर्य तो राज-भवन में भी नहीं है। वहाँ तीन-चार आदमी बैठे ढेर की ढेर स्वर्ण-मुद्राएँ गिन रहे थे। मैंने उनसे पूछा, 'भद्रो, तुम्हारा धन्धा क्या है?'

उनमें से एक बोला, 'त्याग और सेवा।' मैंने कहा, 'भद्रो, त्याग और सेवा

तो धर्म है। ये धन्धे कैसे हुए ?' वह आदमी चिढ़कर बोला, 'तेरी समझ में यह बात नहीं आयेगी। जा अपना रास्ता ले।'

स्वर्ण पर मेरी ललचाई दृष्टि अटकी थी। मैंने पूछा, 'भद्रो, तुमने इतना स्वर्ण कैसे पाया ?'

वही आदमी बोला, 'धन्धे से।' मैंने पूछा, 'कौन-सा धन्धा ?'

वह गुस्से में बोला, 'अभी बताया न ! सेवा और त्याग। तू क्या बहरा है ?'

उनमें से एक को मेरी दशा देखकर दया आ गयी। उसने कहा, 'तू क्या चाहता है ?'

मैंने कहा, 'मैं भी आपका धन्धा सीखना चाहता हूँ। मैं भी बहुत-सा स्वर्ण कमाना चाहता हूँ।'

उस दयालु आदमी ने कहा, 'तो तू हमारे विद्यालय में भरती हो जा। हम एक सप्ताह में तुझे सेवा और त्याग के धन्धे में पारंगत कर देंगे। शुल्क कुछ नहीं लिया जायेगा, पर जब तेरा धन्धा चल पड़े, तब श्रद्धानुसार गुरुदक्षिणा दे देना।'

पिताजी, मैं सेवा-आश्रम में शिक्षा प्राप्त करने लगा। मैं वहाँ राजसी ठाठ से रहता, सुन्दर वस्त्र पहनता, सुस्वादु भोजन करता, सुन्दरियाँ पंखा झलतीं, सेवक हाथ जोड़े सामने खड़े रहते। अन्तिम दिन मुझे आश्रम के प्रधान ने बुलाया और कहा, 'वत्स, तू सब कलाएँ सीख गया। भगवान् का नाम लेकर कार्य आरम्भ कर दे।' उन्होंने मुझे ये मोटे सस्ते वस्त्र दिये और कहा, 'बाहर इन्हें पहनना। कर्ण के कवच-कुण्डल की तरह से बदनामी से तेरी रक्षा करेंगे। जब तक तेरी अपनी अट्टालिका नहीं बन जाती, तू इसी भवन में रह सकता है, जा, भगवान् तुझे सफलता दें।'

बस, मैंने उसी दिन 'मानव-सेवा-संघ' खोल दिया। प्रचार कर दिया कि मानव-मात्र की सेवा करने का बीड़ा हमने उठाया है। हमें समाज की उन्नति करना है, देश को आगे बढ़ाना है। ग़रीबों, भूखों, नंगों, अपाहिजों की हमें सहायता करनी है। हर व्यक्ति हमारे इस पुण्य-कार्य में हाथ बँटाए; हमें मानव सेवा के लिए चन्दा दे। पिताजी, उस देश के निवासी बड़े भोले हैं। ऐसा कहने से वे चन्दा देने लगे। मँझले भैया से भी मैंने चन्दा लिया था, बड़े भैया के सेठ ने भी दिया और बड़े भैया ने भी पेट काटकर, दो मुद्राएँ रख दीं। लुटेरे भाई ने

भी मेरे चेलों को एक सहस्त्र मुद्राएँ दी थीं। क्योंकि एक बार राजा के सैनिक जब उसे पकड़ने आये, तो उसे आश्रम में मेरे चेलों ने छिपा लिया था। पिताजी, राज्य का आधार धन है। राजा को प्रजा से धन वसूल करने की विद्या आनी चाहिए। प्रजा से प्रसन्नतापूर्वक धन खींच लेना, राजा का आवश्यक गुण है। उसे बिना नश्तर लगाये खून निकालना आना चाहिए। मुझमें यह गुण है, इसलिए मैं ही राजगद्दी का अधिकारी हूँ। मैंने इस साल में चन्दे से बीस लाख स्वर्ण-मुद्राएँ कमाईं जो मेरे पास हैं।"

'बीस लाख' सुनते ही दरबारियों की आँखें इतनी फटीं कि कोरों से खून टपकने लगे।

तब राजा ने मन्त्री से पूछा, "मंत्रिवर, आपकी क्या राय है? चारों में कौन कुमार राजा होने के योग्य है?"

मंत्रिवर बोले, "महाराज, इसे सारी राजसभा समझती है कि सबसे छोटा कुमार ही सबसे योग्य है। उसने एक साल में बीस लाख मुद्राएँ इकट्ठी कीं। उसमें अपने गुणों के सिवा शेष तीनों कुमारों के गुण भी हैं—बड़े जैसा परिश्रम उसके पास है, दूसरे कुमार के समान वह साहसी और लुटेरा भी है। तीसरे के समान बेईमान और धूर्त भी। अतएव उसे ही राजगद्दी दी जाये।"

मन्त्री की बात सुनकर राजसभा ने ताली बजाई।

दूसरे दिन छोटे राजकुमार का राज्याभिषेक हो गया। तीसरे दिन पड़ोसी राज्य की गुणवती राजकन्या से उसका विवाह भी हो गया। चौथे दिन मुनि की दया से उसे पुत्ररत्न प्राप्त हुआ। और वह सुख से राज करने लगा।

कहानी थी सो ख़तम हुई। जैसे उनके दिन फिरे, वैसे सबके फिरें।

सुदामा के चावल

[कृष्ण से मनमानी सम्पत्ति प्राप्त करके विप्र सुदामा अपने भवन में आराम से रहने लगे। उन्हें कोई काम तो करना नहीं पड़ता था, इसलिए पण्डितानी से लड़ने और जम्हाई लेने के बाद भी जो समय बचता उसमें कुछ लिख-पढ़ लेते, उसमें से संस्मरण और डायरी के कुछ भाग अब मिल गये हैं। उसमें से कृष्ण से भेंट वाला प्रसंग यहाँ उद्धृत किया जाता है।—लेखक]

····लोगों की टीका-टिप्पणी से मैं तंग आ गया। लोग मुझे चैन क्यों नहीं लेने देते? कहते हैं कि कृष्ण ने प्रजा के कोष का धन उठाकर अपने मित्र को दे दिया। कृष्ण ने ऐसा क्या अनुचित किया, जो मुझे थोड़ा धन दे दिया। राज-पद पाकर कौन अपने भाई-भतीजों और मित्रों का भला नहीं करता? कुछ लोग तो मुझे ही मूर्ख कहते हैं। कहते हैं कि कृष्ण ने मेरे दो मुट्ठी चावल खाकर मुझे दो लोक दे दिये थे, पर मैंने मूर्खतावश वापस कर दिये। कल प्रातःकाल मैं भवन के बाहर मैदान में दातौन चबाता घूम रहा था—मुझे एक प्रहर तक दातौन करने की आदत है क्योंकि किसी तरह समय तो काटना है। सामने से ब्राह्मण देवदत्त अपने किसी परदेशी बन्धु के साथ निकला और मेरी ओर संकेत करके उससे कहने लगा, 'यह वही मूर्ख सुदामा है, जिसे कृष्ण ने दो लोक दे दिये थे, पर इसने वापस कर दिये।' सुनकर मेरे अंग-अंग में आ लग गयी पर मैं क्रोध पी गया। क्या करता? मैंने ही तो यह बात फैलाई थी। मनुष्यों की बुद्धि को इस युग में क्या हो गया है! किसी ने यह नहीं कहा कि हे मिथ्यावादी सुदामा, यदि कृष्ण हर मिलने वाले को एक-दो लोक दान में देते हों, तो प्रति दिन हजारों लोक बाँटते होंगे। पर लोक तो तीन ही हैं और मथुरा तीन लोकों से न्यारी है। और हे मिथ्यावादी ब्राह्मण, तू यदि यह कहे कि केवल तू ही उनसे मिलने गया, तो यह

भी झूठ है। जब कोई राजधानी जाता है, तब ऊँचे पदों पर बैठे अपने परिचित से मिल आता है। फिर कृष्ण तो बहुत हँसमुख और मिलनसार है; उसे नृत्य-संगीत नाट्य का शौक़ है और उसके आस-पास कलावन्त सुन्दरियों का जमघट रहता है। जिस राज-नेता के आस-पास सुन्दरियों का गुच्छा होता है उसे मिलने वालों का टोटा नहीं पड़ता।

किसी ने ऐसी शंका नहीं की। और युगों तक यह बात मानी जायेगी कि कृष्ण ने मेरे दो मुट्ठी चावल खाकर मुझे दो लोक दे दिये, पर मैंने बाद में उन्हें लौटा दिया पर आज मैं सत्य बात लिख देना चाहता हूँ। जिससे 'निरवधि काल और विपुला पृथ्वी' में कोई कभी इन पृष्ठों के आधार पर विश्व से कह सकेगा कि दो मुट्ठी चावल और दो लोक वाली बात झूठ है; सुदामा ने कृष्ण से दान नहीं लिया; उसने परस्पर सुभीते के लिए सौदा किया था।

मैं जब द्वारिका के लिए चला, तब ब्राह्मणी ने पड़ोसिन से एक पाव चावल उधार लेकर मेरे गमछे में बाँध दिये। वह जानती थी कि राजपुरुष बिना भेंट लिए किसी का काम नहीं करते। मेरे घर में एक पाव चावल भी न हों, ऐसी बात नहीं थी; पर ब्राह्मणी जानती थी कि राजपुरुष उधारी या चोरी के माल से बहुत प्रसन्न होते हैं।

कृष्ण ने मुझे बड़े स्नेह से पास बिठाया और मेरी काँख में दबे गमछे को खींचा, उलट-पलट कर देखा। उसमें चावल का एक दाना भी नहीं था। कृष्ण ने मेरी ओर बड़े अचरज और खीझ से देखा और कहा, "कहाँ 'गये चावल ? तुमने फिर कपट किया। मैंने अपनी दिव्य-दृष्टि से देख लिया था कि भाभी ने मेरे लिए गमछे में चावल बाँध दिये थे।"

मेरा मन हुआ कि कह दूँ कि हे मेरे राजमित्र, जिस दृष्टि से तुम मित्रों की पत्नियों को पति के गमछे में चावल बाँधते देखते रहते हो, उससे लोगों की गरीबी और भुखमरी क्यों नहीं देखते। पर कुछ सोच कर मैं चुप रहा।

कृष्ण चावल खाने के लिए बहुत उत्सुक था। उसका आग्रह प्रेम के कारण कम था, इस कारण अधिक था कि आस-पास चित्रकार लोग चावल खाते हुए महाराज का चित्र खींचने के लिए तैयार खड़े थे। चित्र खींचकर उसके नीचे लिखा जाता, 'दीनबन्धु एक दीन के चावल खाते हुए।'

उसने बनावटी रोष से पूछा, "क्या तुम चावल भी खा गये ?"

"नहीं।" मैंने कहा।

"तो फिर कहाँ गये ?" उसने हठ किया।

मैंने कहा, "नहीं बताऊँगा। मैं वचनबद्ध हूँ।"

"किससे वचनबद्ध हो ?"

"तुम्हारे रक्षक-विभाग के अधिकारी से। उसने कहा है कि यदि तुम यह सब मामला महाराज को बताओगे, तो तुम्हारी ब्राह्मणी विधवा हो जायेगी।"

कृष्ण हँसा। पूछा, "कैसा मामला ? मित्र, तुम मुझे बताओ तो। मैं तुम्हें अभय-दान देता हूँ। मैं तुम्हें अपने व्यक्तिगत रथ में घर सकुशल पहुँचाऊँगा।"

आश्वासन पाकर मैंने कहा, "अच्छा, बतलाता हूँ। पर पहले राज्यशासन में मैं तुम्हारी परीक्षा लेता हूँ। बतलाओ, खुरचन किसे कहते हैं और अच्छे शासन में इसका क्या महत्त्व है ?"

कृष्ण मेरी ओर मूढ़ की तरह देखने लगा। बोला, "मैंने तो यह शब्द ही नहीं सुना।"

मैंने कहा, "आश्चर्य है। शासन की सबसे महत्त्वपूर्ण नीति को नहीं जानते और राज्य करते हो।"

कृष्ण ने उतावली से कहा, "पर तुम पहले चावल की बात तो बताओ।"

तब मैंने पूरी घटना सिलसिलेवार सुनाई जिसे यहाँ लिखता हूँ :

माँगते-खाते मैं द्वारिका नगरी पहुँचा। नगरी का वैभव देखकर चकित रह गया। सारा धन सिमट कर द्वारिका में आ गया था। और सारी विद्या इकट्ठी हो गयी थी। बड़े-बड़े कलावन्त, पण्डित, कवि और गायक राजधानी में आकर बस गये थे क्योंकि यहाँ राज-पुरस्कार खूब बँटते थे। इनमें मुझ दीन ब्राह्मण को कौन पूछता ? मैंने नगरी के बाहर ही, बिना नहाये, मस्तक पर चन्दन लगा लिया था, इसलिए नागरिक पूछने पर कम से कम मार्ग बता देते थे।

पूछते-पूछते मैं कृष्ण के महल के सामने पहुँच गया। वहाँ एक कर्मचारी से मैंने कहा, भाई, मुझे महाराज से मिलना है। उसने मुझे ध्यान से देखा और सम्भवतः टालने के लिए कहा, "उस बायें बाजू वाले कार्यालय में जाओ। वहाँ पूछताछ के पश्चात् जब अनुमति मिलेगी, तब जा सकोगे।"

कुछ सोचकर उसने पुनः कहा, "तुम भाई क्यों कहते हो ?"

मैंने उत्तर दिया, "मनुष्य मनुष्य को 'भाई' ही तो कहेगा।" उसने मुझे

समझाया, "बहुत भोले हो। आगे किसी राज-कर्मचारी को भाई मत कहना। वह मनुष्य होने में अपनी अप्रतिष्ठा समझता है। उसे 'देवता' कहना चाहिए।"

मैंने उसकी बात की गाँठ बाँध ली और उस विशाल कार्यालय के द्वार पर पहुँचा। वहाँ कितने ही कर्मचारी बैठे थे जिनमें से अधिकांश गपशप कर रहे थे। वे अपने स्थान से उठते और पास के जलपान-गृह में जाकर बैठ जाते। मैं समझा कि इन सबको यही करने के लिए ही राज्य से वेतन मिलता है।

मैं बड़ी देर तक खड़ा रहा। फिर साहस बटोर भीतर घुसा। एक कर्मचारी ने बड़े-बड़े स्वर में कहा, "ए कहाँ घुसा आता है? यह धर्मशाला नहीं है। उधर जाओ, वहाँ धर्मशाला है और सदावर्त्त बँटता है।" उसने अँगुली से दक्षिण दिशा की ओर संकेत किया।

मैंने कहा, "देवता, मुझे महाराज से मिलना है।"

कर्मचारी हैरत से मुझे देखता ही रहा। फिर ठहाका मारकर हँसा और बोला, "विप्रदेव, तुम गलत जगह आ गये। यह पागलखाना नहीं है।"

मैंने कहा, "भगवन्, मेरे कृश शरीर और फटे वस्त्रों पर मत जाओ। मेरे होश-हवास दुरुस्त हैं। मैं विक्षिप्त नहीं हूँ। मुझे वास्तव में महाराज कृष्ण से मिलना है।"

इतने में कई कर्मचारी आकर मुझे घेर कर खड़े हो गये। उनमें से एक कहने लगा, "बड़ी ऊँची आकांक्षाएँ हैं आपकी विप्रदेव! क्या काम है आपको महाराज से?"

मैंने कहा, "वे मेरे मित्र हैं, सहपाठी हैं।" इस पर वे सब एक साथ हँस पड़े।

एक बोला, "वाह, महाराज को आप ही साथ पढ़ने के लिए मिले!"

दूसरा कहने लगा, "विप्रदेव, आप भाँग-वाँग छानते हैं क्या?"

तीसरा बोला, "आप किस देश के नरेश हैं?"

मेरे संकट के मारे शरीर और दरिद्रता से छिन्न वस्त्रों को देख-देखकर वे उपहास करते रहे। मैं ग्लानि से मरा जा रहा था। चाहता था कि पृथ्वी फट जाये और मैं उसमें समाज जाऊँ। दीनबन्धु के सेवकों का कैसा व्यवहार था, एक दीन के प्रति।

इसी समय कार्यालय के दूसरे छोर से एक दबंग कर्मचारी चिल्लाया, "अरे

कुछ 'खुरचन' का सिलसिला भी है या यों ही मिलने चला आया है।" चारों ओर से 'खुरचन-खुरचन' की आवाजें लगने लगीं।

'खुरचन' मेरे लिए नया शब्द था। मैंने कहा, "भाई, खुरचन मैं नहीं जानता। शब्द-कोश में तो यह शब्द नहीं है। किसी काव्य और दर्शन में भी यह नहीं आया। यह सम्भवतः शासन का कोई विशेष शब्द है। मैं जानता हूँ कि अच्छे शासन कुछ शब्दों और आँकड़ों के बल पर चलते हैं।"

उनमें से एक, जो सयाना था, कहने लगा, "ब्राह्मण देवता, राजदरबार में आये हो, और शासन की नीति नहीं जानते? तुम तो 'खुरचन' तक नहीं समझते।"

मैंने बड़ी नम्रता से कहा, "बन्धु, मैं तो ग्रामवासी हूँ। शासन हमारे पास केवल कर वसूल करने पहुँचता है। भला राजधानी की रीति-नीति मैं कैसे जान सकता हूँ? हमारे ग्रामों में तो दूध उबाल लेने के बाद जो मलाई कढ़ाई में चिपकी रहती है, उसे खुरच लेते हैं और उसी को 'खुरचन' कहते हैं।"

वह बोला, "ठीक इसी तरह से शासन की कढ़ाही में जो मलाई चिपकी रहती है उसे हम खुरचते हैं और उसे हम भी 'खुरचन' कहते हैं।"

मैं तब भी नहीं समझा। उन सबको मेरे ऊपर दया-सी आयी।

सयाना बोला, "तुम समझे नहीं विप्रदेव! हमारा मतलब है, यह भी एक मन्दिर है। कुछ भेंट वगैरह तो लाये ही होंगे। महाराज से क्या बिना भेंट के मिलोगे? हमारा भी तो कुछ हिस्सा होगा।"

मैं अड़चन में पड़ गया। मुझे चुप देख एक कर्मचारी कहने लगा, "तुम्हारी काँख में दबी उस पोटली में क्या है ब्राह्मण देवता? स्वर्ण है?"

मैंने चावल की पोटली और कस कर दबा ली।

सयाना कर्मचारी बोला, "क्या है उसमें? खोलो उसे!"

मैं घबराया। यदि चावल इनके सामने खुल गये, तो ये मेरा बड़ा उपहास करेंगे। मैं जड़ हो गया।

तभी वह रक्षक-विभाग का अधिकारी आगे बढ़ा। उसका बलिष्ठ शरीर, कठोर मुख और बिच्छू के डंक-जैसी मूँछें देखकर मैं काँप गया। उसने कर्कश स्वर में कहा, "अरे, दो धप्प लगाओ, अभी बता देगा यह ब्राह्मण का बच्चा।"

मैं काँप उठा। मैंने झट पोटली खोल दी। चावल देखकर वे सब हैरत में

पड़ गये। एक दूसरे की ओर देखने लगे। एक बोला, "यह ब्राह्मण पागल है। भला कोई चावल लेकर महाराज से मिलने जायेगा?"

अब तक वह दबंग कर्मचारी आ गया था। उसने कहा, "भाई, इसमें कुछ भेद है। ये साधारण नहीं मालूम होते। भला कोई महाराज के लिए साधारण चावल लायेगा? ये ब्राह्मण लोग बड़े रहस्यमय होते हैं। कई तरह के तन्त्र-मन्त्र करते रहते हैं। ये चावल मन्त्रों से सिद्ध किये मालूम होते हैं, जो महाराज को देने जा रहा है।"

मैंने सोचा कि इस भ्रम की बाँह पकड़कर कृष्ण के पास पहुँच सकता हूँ। मैंने कहा, "ग्यारह रात्रि और दिन निरन्तर मन्त्रोच्चार कर के चावल सिद्ध किये हैं।"

"क्या गुण है इनमें?"

"मन-वांछित फल-धन प्राप्ति, स्त्री-सुख, स्वास्थ्य, पुत्रलाभ, शत्रुनाश!"

इतना सुनते ही वे सब चावलों पर टूट पड़े। प्रत्येक की कुछ इच्छा थी। कार्यालय में काम बन्द हो गया। सब कर्मचारी वहीं एकत्र हो गये। जो आता, वह एक चुटकी चावल खा जाता।

जब आधी मुट्ठी चावल बचे, तो मैं उन्हें लपेटते हुए बोला, "अब इतने महाराज के लिए रहने दो।" इसी समय एक बड़ा अधिकारी वहाँ आया और डपटकर बोला, "कहाँ ले चले? मुझे भी खाना है। महाराज को दूसरे चक्कर में ला देना।"

उसने शेष चावल मुँह में डाल दिये।

मैंने खाली अँगोछा झटक कर लपेटा और काँख में दबा लिया।

बड़ी-बड़ी मूँछों वाले उस भयावह रक्षक-विभाग के अधिकारी ने एक सेवक को बुलाया और उसे आदेश दिया, "इन्हें महाराज के पास पहुँचा दे।"

मैं सेवक के पीछे चला। चार कदम ही बढ़ा था कि वह मूँछों वाला आया और मेरा हाथ पकड़ कर बोला, "देख वे ब्राह्मण के बच्चे, यदि तूने महाराज को यह चावल वाला मामला बताया, तो तेरी ब्राह्मणी विधवा हो ज़ायेगी।"

उसने हाथ छोड़ा, तो मैं जल्दी-जल्दी महल में चला गया।

यह घटना मैंने कृष्ण को सुनाई। वह बड़ी चिन्ता में पड़ गया।

मैंने कहा, "तुम राज करते हो या सोते हो ? कैसी धाँधली मची है। तुम्हारे राज-कर्मचारी चावल तक छीन खाते हैं।"

कृष्ण ने कहा, "मुझे वास्तव में यह नहीं मालूम था। मैं आज ही जाँच समिति नियुक्त करता हूँ। पर बाहर यह बात तुम किसी को मत बताना। राज्य की बड़ी बदनामी होगी।"

मैं अकड़ गया। मैंने कहा, "मैं ब्राह्मण हूँ—सत्यवादी। प्राण चाहे चले जायें, सत्य नहीं त्याग सकता। मैं डंके की चोट पर कहूँगा कि राज्य में ऐसा अन्धेर मचा है।"

कृष्ण की हालत बड़ी दयनीय हो गयी। कहने लगा, "देखो, तुम मेरे मित्र हो। क्या मित्र के लिए थोड़ा झूठ भी नहीं बोलोगे ?"

मैंने व्यंग्य से कहा, "अब तुम्हें मित्रता याद आने लगी। पहले नहीं सोचा कि मेरा एक मित्र सुदामा दरिद्रता में दिन काट रहा है।"

कृष्ण ने कहा, "मेरी स्थिति को तुम क्या समझो। मैं यही नहीं समझ पाता कि कौन मेरा है और कौन पराया। जब से मुझे यह राजपद मिला है, असंख्य आदमी मेरे आत्मीय बन कर मेरे पास सहायता के लिए आ चुके। अभी तक बीस सहस्र चाचा, पन्द्रह सहस्र काका, पच्चीस सहस्र भतीजे, दस सहस्र मौसियाँ और आठ सहस्र चाचियाँ आ चुकीं। अब बताओ मैं किस-किस का काम करूँ ? और सच पूछो तो मुझे अभी भी विश्वास नहीं है कि तुम वही सुदामा हो, जो मेरा सहपाठी था, क्योंकि आठवें सुदामा तो कल ही आये थे जिन्हें मैंने बाहर से ही लौटा दिया था। तुम न जाने कैसे भीतर घुस आये। आ गये तो कोई बात नहीं, पर मित्रता इत्यादि की बात मत करो; क्योंकि मैं क्या जानूँ कि तुम कौन हो। मैं तुमसे सौदा कर सकता हूँ। तुम्हारे पास राज्य का एक रहस्य है जिसे प्रकट करने से शासन कलंकित होगा। बोलो, इस रहस्य को गुप्त रखने का क्या लोगे ? यहाँ इसी तरह दे-लेकर मुँह बन्द कर दिया जाता है।"

मैं सोचने लगा। जब मित्रता से सौदे पर बात आ गयी है, तो संकोच त्यागना चाहिए।

मैंने कहा, "अच्छा, ऐसा ही सही। क्या दोगे ?"

"दस सहस्र स्वर्ण-मुद्राएँ।" वह बोला।

मैंने बनावटी रोष से कहा, "क्या तुमने मेरा ईमान सस्ता समझा है ?"

"तो एक लाख स्वर्ण-मुद्रा, एक भवन और एक ग्राम ले लो।"

इस कीमत पर मैंने ईमान बेच दिया।

कृष्ण ने मुझे अपने रथ पर वापस पहुँचाया। लौटकर मैंने दो मुट्ठी चावल और दो लोक वाली बात बनाकर फैला दी। लोग इसी पर विश्वास करते जायेंगे।

कभी जब ये पृष्ठ प्रकाश में आयेंगे तब यह सत्य प्रकट होगा कि चावल का एक दाना भी कृष्ण को नहीं मिला। चावल तो कर्मचारियों की 'खुरचन' हो गये। यह भी लोग जानेंगे कि मैंने कृष्ण से दान नहीं लिया, सौदा किया था, कुछ काल के लिए ईमान गिरवी रखा था।

भोलाराम का जीव

ऐसा कभी नहीं हुआ था।

धर्मराज लाखों वर्षों से असंख्य आदमियों को कर्म और सिफ़ारिश के आधार पर स्वर्ग या नरक में निवास-स्थान 'अलॉट' करते आ रहे थे। पर ऐसा कभी नहीं हुआ था।

सामने बैठे चित्रगुप्त बार-बार चश्मा पोंछ, बार-बार थूक से पन्ने पलट, रजिस्टर पर रजिस्टर देख रहे थे। गलती पकड़ में ही नहीं आ रही थी। आखिर उन्होंने खीझ कर रजिस्टर इतने जोर से बन्द किया कि मक्खी चपेट में आ गयी। उसे निकालते हुए वे बोले—"महाराज, रिकार्ड सब ठीक है। भोलाराम के जीव ने पाँच दिन पहले देह त्यागी और यमदूत के साथ इस लोक के लिए रवाना भी हुआ, पर यहाँ अभी तक नहीं पहुँचा।"

धर्मराज ने पूछा—"और वह दूत कहाँ है?"

"महाराज, वह भी लापता है।"

इसी समय द्वार खुले और एक यमदूत बड़ा बदहवास वहाँ आया। उसका मौलिक कुरूप चेहरा परिश्रम, परेशानी और भय के कारण और भी विकृत हो गया था। उसे देखते ही चित्रगुप्त चिल्ला उठे—"अरे, तू कहाँ रहा इतने दिन? भोलाराम का जीव कहाँ है?"

यमदूत हाथ जोड़कर बोला—"दयानिधान, मैं कैसे बतलाऊँ कि क्या हो गया। आज तक मैंने धोखा नहीं खाया था, पर भोलाराम का जीव मुझे चकमा दे गया। पाँच दिन पहले जब जीव ने भोलाराम की देह को त्यागा, तब मैंने उसे पकड़ा और इस लोक की यात्रा आरम्भ की। नगर के बाहर ज्यों ही मैं उसे लेकर एक तीव्र वायु-तरंग पर सवार हुआ त्यों ही वह मेरी चंगुल से छूटकर न जाने

कहाँ ग़ायब हो गया। इन पाँच दिनों में मैंने सारा ब्रह्माण्ड छान डाला, पर उसका कहीं पता नहीं चला।"

धर्मराज क्रोध से बोला—"मूर्ख! जीवों को लाते-लाते बूढ़ा हो गया, फिर भी एक मामूली बूढ़े आदमी के जीव ने तुझे चकमा दे दिया।"

दूत ने सिर झुकाकर कहा—"महाराज, मेरी सावधानी में बिलकुल कसर नहीं थी। मेरे इन अभ्यस्त हाथों से, अच्छे-अच्छे वकील भी नहीं छूट सके। पर इस बार तो कोई इन्द्रजाल ही हो गया।"

चित्रगुप्त ने कहा—"महाराज, आजकल पृथ्वी पर इस प्रकार का व्यापार बहुत चला है। लोग दोस्तों को कुछ चीज़ भेजते हैं और उसे रास्ते में ही रेलवे वाले उड़ा लेते हैं। होज़री के पार्सलों के मोज़े रेलवे अफ़सर पहनते हैं। मालगाड़ी के डब्बे के डब्बे रास्ते में कट जाते हैं। एक बात और हो रही है। राजनैतिक दलों के नेता विरोधी नेता को उड़ाकर बन्द कर देते हैं। कहीं भोलाराम के जीव को भी तो किसी विरोधी ने मरने के बाद खराबी करने के लिए नहीं उड़ा दिया?"

धर्मराज ने व्यंग्य से चित्रगुप्त की ओर देखते हुए कहा—"तुम्हारी भी रिटायर होने की उम्र आ गयी। भला भोलाराम जैसे नगण्य, दीन आदमी से किसी को क्या लेना-देना?"

इसी समय कहीं से घूमते-घामते नारद मुनि यहाँ आ गये। धर्मराज को गुमसुम बैठे देख बोले—"क्यों धर्मराज, कैसे चिन्तित बैठे हैं? क्यों नरक में निवास-स्थान की समस्या अभी हल नहीं हुई?"

धर्मराज ने कहा—"वह समस्या तो कभी की हल हो गयी। नरक में पिछले सालों में बड़े गुणी कारीगर आ गये हैं। कई इमारतों के ठेकेदार हैं, जिन्होंने पूरे पैसे लेकर रद्दी इमारतें बनायीं। बड़े-बड़े इंजीनियर भी आ गये हैं, जिन्होंने ठेकेदारों से मिलकर पंचवर्षीय योजनाओं का पैसा खाया। ओवरसीयर हैं, जिन्होंने उन मज़दूरों की हाज़िरी भर कर पैसा हड़पा, जो कभी काम पर गये ही नहीं। इन्होंने बहुत जल्दी नरक में कई इमारतें तान दी हैं। वह समस्या तो हल हो गयी, पर एक बड़ी विकट उलझन आ गयी है। भोलाराम नाम के एक आदमी की पाँच दिन पहले मृत्यु हुई। उसके जीव को यह दूत यहाँ ला रहा था, कि जीव इसे रास्ते में चकमा देकर भाग गया। इसने सारा ब्रह्माण्ड छान डाला, पर वह

कहीं नहीं मिला। अगर ऐसा होने लगा, तो पाप-पुण्य का भेद ही मिट जायेगा।"

नारद ने पूछा—"उस पर इनकमटैक्स तो बकाया नहीं था? हो सकता है, उन लोगों ने रोक लिया हो।"

चित्रगुप्त ने कहा—"इनकम होती तो टैक्स होता। भुखमरा था।"

नारद बोले—"मामला बड़ा दिलचस्प है। अच्छा मुझे उसका नाम पता तो बताओ। मैं पृथ्वी पर जाता हूँ।"

चित्रगुप्त ने रजिस्टर देखकर बताया—"भोलाराम नाम था उस का। जबलपुर शहर में घमापुर मुहल्ले में नाले के किनारे एक डेढ़ कमरे के टूटे-फूटे मकान में वह परिवार समेत रहता था। उसकी एक स्त्री थी, दो लड़के और एक लड़की। उम्र लगभग साठ साल। सरकारी नौकर था। पाँच साल पहले रिटायर हो गया था। मकान का किराया उसने एक साल से नहीं दिया, इसलिए मकान-मालिक उसे निकालना चाहता था। इतने में भोलाराम ने संसार ही छोड़ दिया। आज पाँचवाँ दिन है। बहुत सम्भव है कि अगर मकान-मालिक वास्तविक मकान-मालिक है, तो उसने भोलाराम के मरते ही, उसके परिवार को निकाल दिया होगा। इसलिए आपको परिवार की तलाश में काफ़ी घूमना पड़ेगा।"

माँ-बेटी के सम्मिलित क्रन्दन से ही नारद भोलाराम का मकान पहचान गये।

द्वार पर जाकर उन्होंने आवाज लगाई—"नारायन! नारायन!" लड़की ने देखकर कहा—"आगे जाओ महाराज।"

नारद ने कहा—"मुझे भिक्षा नहीं चाहिए; मुझे भोलाराम के बारे में कुछ पूछताछ करनी है। अपनी माँ को जरा बाहर भेजो, बेटी!"

भोलाराम की पत्नी बाहर आयी। नारद ने कहा—"माता, भोलाराम को क्या बीमारी थी?"

"क्या बताऊँ? ग़रीबी की बीमारी थी। पाँच साल हो गये, पेंशन पर बैठे। पर पेंशन अभी तक नहीं मिली। हर दस-पन्द्रह दिन में एक दरख़्वास्त देते थे, पर वहाँ से या तो जवाब आता ही नहीं था और आता तो यही कि तुम्हारी पेंशन के मामले पर विचार हो रहा है। इन पाँच सालों में सब गहने बेचकर हम लोग खा गये। फिर बरतन बिके। अब कुछ नहीं बचा था। चिन्ता में घुलते-घुलते और भूखे मरते-मरते उन्होंने दम तोड़ दी।"

नारद ने कहा—"क्या करोगी माँ? उनकी इतनी ही उम्र थी।"

"ऐसा तो मत कहो, महाराज! उम्र तो बहुत थी। पचास-साठ रुपया महीना पेंशन मिलती तो कुछ और काम कहीं करके गुजारा हो जाता। पर क्या करें? पाँच साल नौकरी से बैठे हो गये और अभी तक एक कौड़ी नहीं मिली।"

दुःख की कथा सुनने की फुरसत नारद को थी नहीं। वे अपने मुद्दे पर आये, "माँ, यह तो बताओ कि यहाँ किसी से उनका विशेष प्रेम था, जिसमें उनका जी लगा हो?"

पत्नी बोली—"लगाव तो महाराज, बाल-बच्चों से ही होता है।"

"नहीं, परिवार के बाहर भी हो सकता है। मेरा मतलब है, किसी स्त्री…"

स्त्री ने गुर्रा कर नारद की ओर देखा। बोली—"अब कुछ मत बको महाराज! तुम साधु हो, उचक्के नहीं हो। ज़िन्दगी भर उन्होंने किसी दूसरी स्त्री को आँख उठा कर नहीं देखा।"

नारद हँस कर बोले—"हाँ तुम्हारा यह सोचना ठीक ही है। यही हर अच्छी गृहस्थी का आधार है अच्छा, माता मैं चला।"

स्त्री ने कहा—"महाराज, आप तो साधु हैं, सिद्ध पुरुष हैं। कुछ ऐसा नहीं कर सकते कि उनकी रुकी हुई पेंशन मिल जाये। इन बच्चों का पेट कुछ दिन भर जाये।"

नारद को दया आ गयी थी। वे कहने लगे—"साधुओं की बात कौन मानता है? मेरा यहाँ कोई मठ तो है नहीं। फिर भी मैं सरकारी दफ्तर जाऊँगा और कोशिश करूँगा।"

वहाँ से चलकर नारद सरकारी दफ्तर में पहुँचे। वहाँ पहले ही कमरे में बैठे बाबू से उन्होंने भोलाराम के केस के बारे में बातें कीं। उस बाबू ने उन्हें ध्यानपूर्वक देखा और बोला—"भोलाराम ने दरख्वास्तें तो भेजी थीं, पर उन पर वज़न नहीं रखा था, इसलिए कहीं उड़ गयी होंगी।"

नारद ने कहा—"भई, ये बहुत से 'पेपर-वेट' तो रखे हैं। इन्हें क्यों नहीं रख दिया?"

बाबू हँसा—"आप साधु हैं, आपको दुनियादारी समझ में नहीं आती। दरख्वास्तें 'पेपर-वेट' से नहीं दबतीं। खैर, आप उस कमरे में बैठे बाबू से मिलिए।"

नारद उस बाबू के पास गये। उसने तीसरे के पास भेजा, तीसरी ने चौथे के पास चौथे ने पाँचवें के पास। जब नारद पच्चीस-तीस बाबुओं और अफ़सरों के पास घूम आये तब एक चपरासी ने कहा—"महाराज, आप क्यों इस झंझट में पड़ गये। आप अगर साल भर भी यहाँ चक्कर लगाते रहे, तो भी काम नहीं होगा। आप तो सीधे बड़े साहब से मिलिए। उन्हें खुश कर लिया, तो अभी काम हो जायेगा।"

नारद बड़े साहब के कमरे में पहुँचे। बाहर चपरासी ऊँघ रहा था, इसलिए उन्हें किसी ने छेड़ा नहीं। बिना 'विजिटिंग कार्ड' के आया देख, साहब बड़े नाराज़ हुए। बोले—"इसे कोई मन्दिर-वन्दिर समझ लिया है क्या? धड़धड़ाते चले आये! चिट क्यों नहीं भेजी?"

नारद ने कहा—"कैसे भेजता? चपरासी सो रहा है।"

"क्या काम है?" साहब ने रौब से पूछा।

नारद ने भोलाराम का पेंशन केस बतलाया।

साहब बोले—"आप हैं वैरागी। दफ्तरों के रीति-रिवाज नहीं जानते। असल में भोलाराम ने ग़लती की। भई, यह भी एक मन्दिर है। यहाँ भी दान-पुण्य करना पड़ता है। आप भोलाराम के आत्मीय मालूम होते हैं। भोलाराम की दरख्वास्तें उड़ रही हैं, उन पर वज़न रखिए।"

नारद ने सोचा कि फिर यहाँ वज़न की समस्या खड़ी हो गयी। साहब बोले—"भई, सरकारी पैसे का मामला है। पेंशन का केस बीसों दफ्तरों में जाता है। देर लग ही जाती है। बीसों बार एक ही बात को बीस जगह लिखना पड़ता है, तब पक्की होती है। जितनी पेंशन मिलती है, उतने की स्टेशनरी लग जाती है। हाँ, जल्दी भी हो सकता है, मगर..." साहब रुके।

नारद ने कहा—"मगर क्या?"

साहब ने कुटिल मुसकान के साथ कहा, "मगर वज़न चाहिए। आप समझे नहीं। जैसे आप की यह सुन्दर वीणा है, इसका भी वज़न भोलाराम की दरख्वास्त पर रखा जा सकता है। मेरी लड़की गाना-बजाना सीखती है। यह मैं उसे दे दूँगा। साधु-सन्तों की वीणा से तो और अच्छे स्वर निकलते हैं।"

नारद अपनी वीणा छिनते देख ज़रा घबराए। पर फिर सँभल कर उन्होंने वीणा टेबिल पर रखकर कहा—"यह लीजिए। अब जरा जल्दी उसकी पेंशन का

आर्डर निकाल दीजिए।"

साहब ने प्रसन्नता से उन्हें कुर्सी दी, वीणा को एक कोने में रखा और घण्टी बजाई। चपरासी हाज़िर हुआ।

साहब ने हुक्म दिया—"बड़े बाबू से भोलाराम के केस की फ़ाइल लाओ।"

थोड़ी देर बाद चपरासी भोलाराम की सौ-डेढ़ सौ दरख्वास्तों से भरी फ़ाइल लेकर आया। उसमें पेंशन के कागज़ात भी थे। साहब ने फ़ाइल पर का नाम देखा। और निश्चित करने के लिए पूछा—"क्या नाम बताया साधुजी आपने?"

नारद समझे कि साहब कुछ ऊँचा सुनता है। इसलिए ज़ोर से बोले—"भोलाराम!"

सहसा, फ़ाइल में से आवाज आयी—"कौन पुकार रहा है मुझे? पोस्टमैन है? क्या पेंशन का आर्डर आ गया?"

नारद चौंके। पर दूसरे ही क्षण बात समझ गये। बोले—"भोलाराम! तुम क्या भोलाराम के जीव हो?"

"हाँ!" आवाज आयी।

नारद ने कहा—"मैं नारद हूँ। मैं तुम्हें लेने आया हूँ। चलो स्वर्ग में तुम्हारा इंतजार हो रहा है।"

आवाज आयी—"मुझे नहीं जाना। मैं तो पेंशन की दरख्वास्तों में अटका हूँ। यहीं मेरा मन लगा है। मैं अपनी दरख्वास्तें छोड़ कर नहीं जा सकता।"

मुक्तिबोध : एक संस्मरण

भोपाल के हमीदिया अस्पताल में मुक्तिबोध जब मौत से जूझ रहे थे, तब उस छटपटाहट को देखकर मोहम्मद अली 'ताज' ने कहा था :

उम्र भर जी के भी जीने का न अन्दाज़ आया।
ज़िन्दगी छोड़ दे पीछा मेरा, मैं बाज़ आया॥

जो मुक्तिबोध को निकट से देखते रहे हैं, जानते हैं कि दुनियावी अर्थों में उन्हें 'जीने का अन्दाज़' कभी नहीं आया। वरना यहाँ ऐसे उनके समकालीन पड़े हैं, जो प्रगतिवादी आन्दोलन के कन्धे पर चढ़कर 'नया पथ' में 'फ्रन्ट पेजित' भी होते थे, फिर पंडित द्वारका प्रसाद मिश्र की 'कृष्णायन' का धूप-दीप के साथ पाठ करके फूलने लगे और अब जनसंघ राजमाता की जय बोलकर फल रहे हैं। इसे मानना चाहिए कि पुराने प्रगतिवादी आन्दोलन ने भी मुक्तिबोध को प्राप्य नहीं दिया। (बहुतों को दिया) कारण, जैसी स्थूल रचना की अपेक्षा उस समय की जाती थी, वैसी मुक्तिबोध नहीं करते थे। न उनकी रचना में कहीं 'सुर्ख परचम' था, न प्रेमिका को प्रेमी लाल रूमाल देता था, न वे उसे 'लाल चूनर' पहनाते थे। वे गुहरे अन्तर्द्वन्द्व और तीव्र सामाजिक अनुभूति के कवि थे। मजे की बात यह है कि जो 'निराला' की सूक्ष्मता को पकड़ लेते थे, वे भी मुक्तिबोध की सूक्ष्मता को नहीं पकड़ते थे।

दूसरी तरफ के लोग उनके पीछे 'विह हंट' लगाये थे। उनके ऊबड़-खाबड़पन से आभिजात्य को मतली आती थी। वे उनके दूसरे खेमे में होने की बात को इस तरस के साथ कहते थे, जैसे—'ए गुड मेन फॉलग एमंग फेबियन्स'।

ऐसा भी नहीं है कि मुक्तिबोध को समझने वाले लोग नहीं थे। पर निष्क्रिय ईमानदार और सक्रिय बेईमान मिलकर एक षड्यंत्र-सा बना लेते हैं। मजे की बात यह है कि प्रगतिवादी सत्ता प्रतिष्ठान के नेता भी जिन्हें 'प्रतिक्रियावादी' कहते थे उन्हीं की चिरौरी करके उन्हें अपने बीच सम्मान से बिठाकर 'रिस्पैक्टेबिलिटी' प्राप्त करते थे, मगर जो अपना था उसे अवहेलित करते थे। वह तो अपना है ही, उसकी नियति तय है—वह कमबख्त कहाँ जायेगा? पूर्वी यूरोप से साहित्य के आयात-निर्यात की जो फर्म है, उसके माल की लिस्ट में भी मुक्तिबोध की एक लाइन नहीं थी। हाँ, उन्हें बराबर भेजा जाता था, जिन्हें घर में 'फासिस्ट' कहा जाता रहा है।

मुझे याद है, जब हम उन्हें भोपाल के अस्पताल में ले गये और मुख्यमंत्री की दिलचस्पी के कारण थोड़ा हल्ला हो गया, पत्रकार मित्रों ने प्रचार किया, तब कुछ लोग जो साहित्य की राजधानियों के थे या वहाँ से बढ़कर आये थे, यह कहते थे कि हम प्रान्तीयता से ग्रस्त लोग उसे 'हीरो' बना रहे हैं। हम लोग 'प्रॉविंसियल' संस्कार के लोग कहलाते थे। प्रोफेसरान और ऊँचे लेखक उन्हें देखने शुरू-शुरू में इसलिए नहीं आते थे कि कहीं प्रयाग, दिल्ली और कलकत्ता में बदनामी न फैल जाये कि हम 'प्रॉविंसियल' में दिलचस्पी ले रहे हैं। प्रयाग और दिल्ली वालों ने जब 'गेटपास' दे दिया और 'अदीब' ने 'टाइम्स ऑफ इंडिया' में अँगरेजी में तारीफ कर दी, तब इनका दिलचस्पी लेने का साहस बढ़ा। बाद में तो लेख के शुरू में मुक्तिबोध की पंक्तियाँ मंगलाचरण के रूप में लिखने लगे—'वंदे वाणी विनायकौ' होने लगा। उनकी मृत्यु के बाद फूल बाँटने की झपटा-झपटी में कबीर की चादर की बड़ी फजीहत हुई।

यह सब—बाई दी वे। मुझसे तो नामवरजी ने कुछ संस्मरणात्मक लिखने को कहा है। संस्मरणात्मक कुछ भी लिखने में अपने को बीच में डालना पड़ता है। संस्मरण की यह मजबूरी है। यह सावधानी बरतते हुए कि उनके बहाने अपने को 'प्रोजेक्ट' न कर दूँ, कुछ चीजें लिखता हूँ...गो सफल संस्मरण का वही गुण है, जिससे मैं बचना चाहता हूँ।

जबलपुर में जिस स्कूल में मुक्तिबोध ने नौकरी की थी, उसी में बाद में मैंने की। अपनी मुदर्रिसी का वह आखिरी दौर था, उनकी मास्टरी भी उसी अहाते में खत्म हुई थी। पुराने अध्यापक उनकी बात करते थे। साहित्य में

(बल्कि पत्रकारिता में) मेरा प्रवेश तब हो चुका था। सुनता था, यहाँ 'तारसप्तक' वाले मुक्तिबोध रहते थे। उन्होंने 'प्रगतिशील लेखक संघ' की स्थापना की। फिर वे नागपुर प्रकाशन-विभाग में चले गये। तब मुक्तिबोध की नयी जवानी थी। छरहरे खूबसूरत आदमी थे। तब का उनका एक चित्र है, जो 'राष्ट्रवाणी' के मुक्तिबोध अंक में छपा है। बड़ी-बड़ी गहरी भावुक आँखें हैं। नाक बहुत 'सेंसुअस' है। शरीर सूख जाने पर भी मुक्तिबोध की आँखें धुँधली नहीं हुईं, सूखा चेहरा भी खूबसूरत रहा।

मैं कुछ लिखने लगा था। वे देखते रहते थे। मित्रों ने भी बताया होगा। मैं नागपुर शिक्षक-सम्मेलन के सिलसिले में गया था। मित्र मुझे उनसे मिलाने शुक्रवारा स्थित (शायद) उनके मकान पर ले गये सच कहूँ मुझे मुक्तिबोध से डर लगता था। मित्रों, प्रशंसकों में वे 'महागुरु' कहलाते थे। एक आतंक मेरे ऊपर था। मैं अपने अज्ञान में सिकुड़ा-सिकुड़ा पहुँचा। वे दरी पर पालथी मारे बैठे थे। पास पानी का लोटा और उस पर प्याला। हम लोग दरी पर बैठ गये। मुझसे बोले—आइए साहब ! निहायत औपचारिक दो-चार मामूली बातें हुईं। यह जानकर कि मैं शिक्षकों के श्रम-संगठन के काम से आया हूँ, उन्होंने आँखें फाड़कर ग़ौर से देखा। मुझसे न लिखने की बात की, न कोई तारीफ। चाय जरूर पिलाई। आगंतुक के बहाने खुद चाय पीने का मौका वे चूकते नहीं थे। यह मुलाकात बहुत सूखी रही। मुक्तिबोध मुझे शंका से देख रहे थे। जाँच रहे थे। वे एकदम गले किसी से नहीं मिलते थे। प्रकृति से वे शंकालु थे। किसी को जैसा-का-तैसा स्वीकार नहीं करते थे। बाद के कटु अनुभव और अकेलेपन ने यह शंका की प्रवृत्ति और बढ़ा दी थी। राजनांदगाँव में तो वे कई लोगों की कल्पना में न जाने कैसी-कैसी तस्वीरें बनाकर परेशान हुआ करते थे। दिल्ली, कलकत्ता, प्रयाग के बहुत-से लोगों की इतनी अतिरंजित तस्वीर वे बनाते थे कि लगता ये सब विकट शैतान हैं, जबकि वे अपने काम में लगे तटस्थ लोग थे। शंका व असुरक्षा की भावना इतनी तीव्र हो उठी थी, बाद में, कि वे भयावह कल्पना करते रहते थे कि अमुक-अमुक लोग मेरे खिलाफ षड्यन्त्र कर रहे हैं—जबकि उन्हें अपना भला करने से ही इतनी फुरसत नहीं मिलती थी कि उनका बुरा करें। उनके मित्रों को शायद यह नहीं मालूम की मुक्तिबोध कभी-न-कभी भयंकर शैतान के रूप में उनकी कल्पना कर चुके हैं। सामान्य आदमी का वे एकदम भरोसा करते थे, लेकिन राजनीति और साहित्य के

क्षेत्र के प्रति शंकालु रहते थे। कोई सहज ही उनके समीप होना चाहता या उनकी मदद करना चाहता, तो वे सशंकित हो जाते। कहते—पार्टनर, इसका इरादा क्या है? ज्यों-ज्यों उनकी मुसीबतें बढ़ती गयीं, ज्यादा कड़ुवे अनुभव होते गये, उनके कई विश्वसनीयों का चारित्रिक पतन होता गया, उनकी शंका बढ़ती गयी वे अपने को असुरक्षित अनुभव करते गये। अन्त में एक-दो साल तो वे अपने चारों तरफ डर के काँटे लगाकर जीते थे। उन्हें लगता, कोई भयंकर षड्यन्त्र चारों तरफ से उन्हें घेर रहा है। यह स्थिति बहुत तीव्र हो गयी, जब सरकार ने उनकी पुस्तक पर प्रतिबन्ध लगाया। इस बात को आगे लिखूँगा।

नागपुर में चार-पाँच दिन रहकर भी मैं उनसे दोबारा नहीं मिला। उन्होंने भी ऐसी कोई इच्छा नहीं की। यह सीधा कहलाने वाला आदमी, कुछ मामलों में बड़ा काइयाँ था। वह चुपचाप बैठा जाँच रहा था। आगे साल-भर तक कोई सम्बन्ध नहीं रहा। एक दिन 'नया खून' का ताजा अंक खोला तो तीन कॉलम की एक टिप्पणी का शीर्षक था—'थॉट और परसाई की स्पिरिट में अन्तर है'। टिप्पणीकार—गजानन माधव मुक्तिबोध। मेरी एक कहानी का अनुवाद 'थॉट' ने छापा था। मुक्तिबोध ने 'थॉट' की राजनीति बतलाई थी और मेरी कहानी को जैसे मिसफिट कहा था। चेतावनी थी कि ये पत्र प्रचार और पैसे का लोभ देकर कैसे किसी बनते लेखक को फँसाते हैं। मेरी उस कहानी का अर्थ 'थॉट' ने साम्यवादी व्यवस्था में 'रेजिमेंटेशन' के सन्दर्भ में लगाकर छापा था। यों मेरी 'फेंटेसी' को 'पांचजन्य' ने पौराणिक कथा समझकर धर्मार्थ उद्धृत कर लिया था। अपनी समझ का उपयोग करने का हरएक को हक है।

मैंने उन्हें नहीं लिखा। वे भी चुप रहे। सालेक बाद जब 'वसुधा', निकालने की योजना बनी तो मैंने उन्हें पत्र लिखा। वे भरे बैठे थे। बड़ा लम्बा पत्र आया। लिखा था कि 'नया खून' की उस टिप्पणी के बाद यहाँ लोगों ने मुझसे बार-बार कहा कि आपको बहुत बुरा लगा है। मैं दूर हूँ। लोगों से सम्पर्क होता नहीं है। सुनता रहता हूँ। सोचा, सीधे आपसे बात कर लूँ। मैं साफ बात करना पसन्द करता हूँ। आप मुझे साफ बताइए कि क्या उस टिप्पणी से आपको बुरा लगा।

मैं समझ गया, मेरी-उनकी निकटता को घटित न होने देने में किन्हीं लोगों ने अपना फायदा देखा होगा। अपना फायदा देखने का भी हरएक को हक है। बाद में पता चला कि इन लोगों ने अपने समकालीनों के लिए खुफिया विभाग

भी खोल रखा था और जगह-जगह एलची नियुक्त कर रखे थे। हमारे मित्र, प्रमोद वर्मा जब तबादले पर जबलपुर आये, तब उन्हें हेड आफिस से चिट्ठी मिली थी कि यहाँ किससे सम्बन्ध रखना और किससे नहीं, इस बारे में अमुक से हिदायत ले लो। प्रमोद ने लिख दिया था कि शत्रु और मित्र मैं खुद बनाता हूँ। उस चिट्ठी को मुक्तिबोध के सामने हम लोगों ने पढ़ा और खूब हँसते रहे। खैर ये स्थानीय मधुर पॉलिटिक्स की बातें हैं। मगर परिवेश से कटकर आदमी रह नहीं सकता, मुक्तिबोध जैसे पारदर्शी सचाई के सरल आदमी को अपने आसपास की यह अविश्वसनीयता और अकेलापन दे देती थी।

'कामायनी पुनर्विचार' को छापने के लिए एक पुस्तक विक्रेता मित्र शेष नारायणराय राजी हो गये थे। वे पेशे से प्रकाशक नहीं हैं। पैसा लगा देने को तैयार थे। मुक्तिबोधजी पर उनकी श्रद्धा थी। तब मुक्तिबोध को कोई प्रकाशक नहीं मिलता था। पुस्तक का कम्पोजिंग चल रहा था, तब वे जबलपुर आये। तीन दिन हो गये, पर उन्होंने न किताब की बात की, न राय से मिलने की इच्छा। पहले तो रात-दिन पुस्तक छपने की लौ लगी रहती थी और अब वह विराग। मैंने कहा—आप प्रकाशक से तो मिल लीजिए। वे यहीं पास में रहते हैं। मुक्तिबोध खिन्न भाव से बोले—मिल लेंगे, पार्टनर। कोई उससे मिलने थोड़े ही आये हैं। मैंने कहा—सच बताइए मामला क्या है? वे बोले—अब तो पांडुलिपि दे ही चुके। अमुक साहब कह रहे थे कि आप बुरे फँस गये। वह राय तो बहुत खराब आदमी है। खैर। मैंने राय से कहा, राय हँसा। कहने लगा—वही साहब मुझसे कह गये कि तुम पैसा पानी में डाल रहे हो। उस किताब को कौन खरीदेगा? मुक्तिबोध उनका विश्वास करते थे। वे बड़े हैरान हुए। कहने लगे—आखिर उसने ऐसा किया क्यों? बाद में राय ने उन्हें रुपये पेशगी दिये। दुकान से वे कुछ किताबें भी ले गये। बहुत गद्गद थे। ऐसे मौके पर वे बच्चे की तरह हो जाते थे—वाह पार्टनर, आपका यह राय भी मजे का आदमी है। उसने इतने रुपये दे दिये। अगर उन्हें किसी से मुश्किल से 100 रु. मिलने की उम्मीद है और वह 200 रु. दे दे, तो वे चकित हो जाते। कहते—पार्टनर, यह भी बड़ी मजे की बात है। उसने तो 200 रु. दे दिये। इतने रुपये कोई कैसे दे देता है। इस पुस्तक का प्रकाशन वे अपने ऊपर एहसान मानते थे। राजनांदगाँव से उन्होंने राय को अंग्रेज़ी में ऐसी चिट्ठी लिखी जो कोई लेखक प्रकाशक को नहीं लिखेगा। लिखा था—पुस्तक अच्छी छपनी

चाहिए। मैं आपको लिखकर देता हूँ कि मुझे आपसे एक भी पैसा नहीं चाहिए। बल्कि आपका कुछ ज्यादा खर्च हो जाए, तो हरजाना देने को तैयार हूँ।

राजनांदगाँव में वे अपेक्षाकृत आराम में रहे। शरद कोठारी तथा अन्य मित्रों ने उनके लिए सब-कुछ किया। पर वे बाहर निकलने को छटपटाते थे। वे साल में एक-दो बार किसी सिलसिले में जबलपुर आते और खूब खुश रहते, रंगीन सपने में डूबते हुए कहते—पार्टनर, ऐसा हो कि एक बड़ा-सा मकान हो।सब सुभीते हों। कोई चिन्ता न हो। वहाँ हम कुछ मित्र रहें। खूब बातें करें, खूब लिखें-पढ़ें और जंगल में खूब घूमें। फिर कहते—आप राजनांदगाँव आइए। वहीं कुछ दिन रहिए। बहुत बड़ा मकान है। कोई तकलीफ नहीं होगी। नो, नो, आइ इनवाइट यू।

मुक्तिबोध की आर्थिक दुर्दशा किसी से छिपी नहीं थी। उन्हें और तरह के क्लेश भी थे। भयंकर तनाव में वे जीते थे। पर फिर भी बेहद उदार, बेहद भावुक आदमी थे। उनके स्वभाव के कुछ विचित्र विरोधाभास थे। पैसे-पैसे की तंगी में जीनेवाला यह आदमी पैसे को लात भी मारता था। वे पैसा देनेवाली पत्रिकाओं में लिखकर आमदनी बढ़ा सकते थे, पर लिखते नहीं थे। कहते—अपनी पत्रिका में लिखेंगे। बस मुझे तो कागज आप दे दीजिए। यों वे बहुत मधुर स्वभाव के थे। खूब मज़े में आत्मीयता से बात करते थे। मगर कोई वैचारिक चालबाजी करे या ढोंग करे, तो मुक्तिबोध चुप बैठे तेज नजर से उसे चीरते रहते। उस वक्त उनके ओंठ किसी बदमाश स्कूली लड़के की तरह मुड़ जाते। आपस में मित्रों में एकरस हो जाते, मगर तभी वर्ग-चेतना जाग उठती, तो अजनबी होने लगते। जबलपुर आये, तो मेरे घर पर एक मित्र हनुमान वर्मा से मुलाकात हुई। हनुमान कॉलेज में पढ़ाते हैं। खूब यारबाश आदमी हैं। दो-तीन दिन खूब मजे में उनसे मुक्तिबोध की जमती रही। फिर हनुमान अपने घर ले गया। वहाँ अच्छा-सा सोफा था। डाइनिंग-टेबिल भी थी। मुक्तिबोध को खटका लग गया। वे शिष्ट व्यवहार करने लगे। लौटते वक्त रास्ते में मुझसे बोले—पार्टनर, इस आदमी से अपनी कैसे पट सकती है! उसका सोफा देखो, डाइनिंग-टेबिल देखो। यह अपनी दुनिया का आदमी नहीं है। ही बिलांग्ज़ टू ए डिफरेंट वर्ल्ड। मैंने कहा—कुल छः सात सौ ही पाता है वह।अपनी ही दुनिया का आदमी है। पर यह बात गले उतरने में देर लगी।

वर्ग-चेतना के तीव्र बोध की दो-एक घटनाएँ दिलचस्प हैं। मुझ पर एक

प्रकाशक ने कॉपीराइट का मुकदमा चला दिया था। मुक्तिबोध आये हुए थे। दिसम्बर का महीना था। भोजन करके वे सामने के मैदान में बैठे थे। मैं कचहरी जाने लगा, तो पूछा—पार्टनर, मजिस्ट्रेट कौन है? मैंने नाम बताया। वे बोले—नाम से मालूम होता है कि वह नीची जाति का है। विदर्भ में होते हैं ये लोग। आप छूट जायेंगे। मैंने पूछा—यह अन्दाज़ आपको कैसे लगा? उन्होंने कहा—वह नीची जाति का है न! उसकी वर्ग-सहानुभूति लेखक के प्रति होगी, प्रकाशक के साथ नहीं। संयोग से मुकदमा खारिज भी हो गया।

एक साहित्य-समारोह में एक वयोवृद्ध ब्राह्मण आचार्य थे। विवाद की स्थिति थी ही। आचार्य के मातहत एक अध्यापक ने भी भाषण में आचार्य जी का समर्थन किया। बाद में मुक्तिबोध अकेले में हम लोगों से बड़ी गम्भीरता से बोले—वह जो अध्यापक है, उसकी सहानुभूति हमारी तरफ है। नौकरी के लिए आचार्य की बात बोल रहा था। वह जाति का अहीर है न! वह हमारा ही साथ देगा, ब्राह्मण आचार्य का नहीं।

पर एक-दूसरे मौके पर दूसरी ही तरह की बात कहकर उन्होंने हमें चौंकाया। एक आदमी बड़ा ओछा व्यवहार कर रहा था। हम सब लोगों की पीठ-पीछे निन्दा करता था। मुक्तिबोध सुनते-सुनते बोले—पार्टनर, वह जात का लोधी है न! इसीलिए।

मुक्तिबोध विचारों से आधुनिक लेकिन इसके साथ ही व्यवहार में कई बातों में बिल्कुल सामंती। किसी को अपने घर में साग्रह खाना खिलाना, अपनी हैसियत से बाहर खातिर करना उनकी खास प्रकृति थी। लगता था, कोई पुराने ठाकुर साहब हैं, जिन्हें मूँछें मुड़ाना पड़ेगा, अगर मेहमाननवाज़ी में कमी आयी। एक बार नागपुर में जब वे तीव्र ज्वर में 'नया खून' के टीन के नीचे काम कर रहे थे, मैं पहुँच गया। भरी दोपहर में पास की दुकान पर मुझे मिठाई खिला लाये तब चैन पड़ी। मैंने बहुत मना किया, पर वे कहते—नहीं साहब, आप आये हैं, तो कुछ खाना पड़ेगा। पक्षाघात से जब वे पीड़ित थे, तब हम उन्हें भोपाल के लिए लेने पहुँचे। उस हालत में भी वे हड़बड़ा रहे थे कि इनके लिए क्या कर दिया जाये। कहने लगे—आप मेरे मेहमान हैं। आप मेरे यहाँ क्यों नहीं ठहरेंगे, कोठारी के यहाँ क्यों? कोठारी से भी शिकायत की—क्यों साहब, यह क्या हरकत है इन्हें आपने रास्ते में क्यों रोक लिया? इसमें बनावट नहीं थी। उनकी सच्ची ममता थी, उनके आन्तरिक संस्कार थे। वे

नयी-से-नयी वैज्ञानिक उपलब्धि से मुग्ध होते थे, पर परिवार-नियोजन के खिलाफ़ थे। परिवार नियोजन को पूँजीवादी सभ्यता की प्रवृत्ति मानते थे। विचारों के मामले में जितने सधे हुए, जिन्दगी की व्यवस्था में उतने ही लापरवाह। स्वास्थ्य के प्रति अत्यन्त असावधान थे। सम्बन्धों में लचीले, मगर विचारों में इस्पात की तरह। कहीं कोई समझौता नहीं। पैसे-पैसे के लिए तंग रहते थे, पर पैसे को लात भी मारते थे। कभी बिल्कुल निस्संग हो जाते, कभी मोहग्रस्त।

मुक्तिबोध विद्रोही थे। किसी भी चीज़ से समझौता नहीं करते थे। स्वास्थ्य के नियमों और अर्थशास्त्र के सिद्धान्तों से भी नहीं। उनकी राजनीति है, यह बात सर्वविदित थी। नागपुर में सरकारी नौकरियों में थे, तब उनके पीछे साम्यवाद-विरोधी भूत लगे रहते थे। उनके विचारों ने कभी उन्हें नौकरी में ऊपर नहीं उठने दिया। राजनांदगाँव के प्राइवेट कॉलेज की नौकरी उन्हें अनुकूल पड़ी। वहाँ उन्हें लोगों ने बड़े श्रद्धा-प्रेम से रखा।

मुक्तिबोध भयंकर तनाव में जीते थे। आर्थिक कष्ट उन्हें असीम थे। उन जैसे रचनाकार का तनाव साधारण से बहुत अधिक होगा भी। वे संत्रास में जीते थे। आजकल संत्रास का दावा बहुत किया जा रहा है। मगर मुक्तिबोध का एक-चौथाई तनाव भी कोई झेलता, तो उनसे आधी उम्र में मर जाता। मृत्यु से दो साल पहले वे जबलपुर आये थे। रात-भर वे बड़बड़ाते थे। एक रात चीखकर खाट से फर्श पर गिर पड़े। सँभले, तब बताया कि एक बहुत बड़ी छिपकली सपने में सिर पर गिर रही थी।

उन दिनों उनकी पुस्तक 'भारत : इतिहास और संस्कृति' पर प्रतिबन्ध लग चुका था। वह पुस्तक कोर्स में लग चुकी थी। उसके खिलाफ आन्दोलन कराने वाले मुख्यतः दूसरे प्रकाशक थे। आन्दोलन में जनसंघ प्रमुख था। इसके साथ ही गैर-साम्प्रदायिक पत्रों के भी बिके हुए सम्पादक थे। जनसंघ उनके पीछे पड़ गया था। राजनांदगाँव में उसके स्वयंसेवक उन्हें परेशान करते थे। उस वक्त विद्वान् लेकिन अधिकारहीन राज्यपाल था और भ्रष्ट तथा मूर्ख मुख्यमंत्री। राज्यपाल ने डेढ़ घण्टे बात की, बात मानी भी, पर कहा—मैं क्या कर सकता हूँ! मुख्यमंत्री के पोर्टिको के पास मुक्तिबोध घण्टे-भर खड़े रहे। वह बंगले से निकला तो ये बात करने बढ़े। बात शुरू ही की थी कि बोला—उसमें अब कुछ नहीं हो सकता। इन्होंने कहा—पर आप मेरी बात तो सुन लीजिए। वह

बोला—मेरे पास इतना वक्त नहीं है। मुझे जरूरी काम है।

जबलपुर लौटे तो बहुत टूटे हुए और बहुत क्रोधित। वह आदमी चट्टान जैसा था। लेकिन इस घटना ने उनके भीतर भय और असुरक्षा की भावना पैदा कर दी थी। वे बेहद उत्तेजित थे। इस प्रतिबन्ध से उनकी अपार क्षति हुई। यदि पुस्तक चलती तो उन्हें इतनी रायल्टी मिलती कि सारा संकट खत्म हो जाता। व्यक्तिगत क्षति का आघात तो था ही। पर इस पूरे कांड को व्यापक राजनीतिक सन्दर्भ में देखकर वे बहुत त्रस्त थे। कहते थे—यह नंगा फासिज्म है। लेखक को लोग घेरें, शारीरिक क्षति की धमकी दें। इधर सरकार सुनने तक को तैयार नहीं। अभिव्यक्ति की स्वतन्त्रता जा रही है। गला दबाकर आवाज़ घोंटी जा रही है।

'अंधेरे में' कविता का यही रचनाकाल है। उन दिनों मुक्तिबोध बहुत आशंकाग्रस्त थे। छोटी-से-छोटी बात उन्हें विचलित कर देती थी। चाबी जिस जेब में रखी होने की उन्हें याद थी, अगर वह उस जेब में नहीं है तो वे ऐसे सशंकित हो उठते थे, जैसे कोई बड़ा षड्यन्त्र उन्हें घेर रहा है। उन दिनों वे बहुत उत्तेजित होकर घंटों बहुत जोर से बोलते रहते थे। गले की नसें तनी हुई साफ दिखती थीं। कनपटी लौकती थी, दम भर आता था और वे 'डबल स्ट्रॉग' चाय की माँग करते थे।

अन्तिम बीमारी के महीने-भर पहले वे जबलपुर आये थे। हाथ और पाँव में एक्जिमा था। पाँव सूजे थे। वे नीम की बहुत-सी पत्ती पीसकर साथ ले आये थे। सुबह पाँवों को धोकर नीम की पट्टी करते। बहुत दुर्बल हो गये थे। बहुत परेशान थे। पर शारीरिक और आर्थिक कष्ट की बात लगभग नहीं करते थे। रात को उन्होंने हम लोगों को 'अंधेरे में' कविता सुनाई थी। डेढ़ घण्टे के पाठ के बाद वे शिथिल होकर बिस्तर पर लुढ़क गये थे। हम लोगों ने उन्हें थोड़ी ब्रांडी देकर सुला दिया था। सुबह बोले—पार्टनर, दवा बहुत अच्छी थी।

महीने-भर बाद ही उन्हें पक्षाघात हो गया। आदमी यह सोचने को मजबूर है कि अगर ऐसा हो गया होता, तो वैसा नहीं होता। बहुत-से मित्र यहाँ सोचते हैं, अगर वे तभी जबलपुर रुक गये होते तो बीमारी न बढ़ती। यहाँ मेडिकल कालेज में उन्हें कुछ दिनों के लिए भरती करा देने का हम लोगों ने तय किया था। पर उन्हें बीमार पिताजी से मिलने नागपुर जाना था। वे कह गये थे कि महीने-भर में मैं लौटकर आता हूँ और कुछ दिन रह कर यहीं आराम करूँगा और इलाज करूँगा। पर महीने-भर बाद उन्हें पक्षाघात हो गया। दिल्ली से जब मैं चल ही

रहा था कि श्रीकांत के नाम उनके पत्र से यह खबर मिली।

मुक्तिबोध अपनी बीमारी की भयंकरता जानते थे। वे जानते थे कि यह बीमारी प्राणांत भी कर सकती है। शारीरिक कष्ट उन्हें बहुत था। छोटे-छोटे बच्चों के भविष्य की चिन्ता भी थी। रात कराहते बीतती थी। भोपाल के मित्र रात-भर कमरे के बाहर बरामदे में बैठे 'आई ग' (ओ माँ) और 'अग' (पत्नी को बुलाने के लिए) सुना करते थे। पर मुक्तिबोध का उत्साह कम नहीं हुआ था। वे टूटे नहीं थे। संज्ञाहीन होने के पहले तक वे बीमारी की शिकायत लगभग नहीं करते थे। वे साहित्य और राजनीति की बातें करते थे। खूब उत्साह से बोलते थे। कभी हम उन्हें स्वास्थ्य के बारे में झूठा भरोसा दिलाते तो वे पलकें नीची करके कहते—हाँ, पार्टनर। ठीक तो हो ही जायेगे। उनके भाव से हम समझने लगे थे कि यह आदमी जानता है कि ये लोग मुझे दिलासा दे रहे हैं। वे संकेत से बता देते थे कि मैं सब जानता हूँ। मुझे क्यों बहलाते हो!

अपनी तरफ बढ़ती हुई मृत्यु को जो साफ देख रहा था, उसकी ज़िन्दगी की जकड़ कम नहीं हुई थी। यह किसी भी तरह जीवन से अटके रहने का घटिया मोह नहीं था। ऐसा नहीं था कि जीवन के सारे सन्दर्भों से कटकर सिर्फ आत्म-मोह बचा हो। आत्म-मोह अन्तिम क्षण तक उस आदमी में नहीं आया। वह सिर्फ जीवन-सन्दर्भों में उलझा हुआ था। सिगरेट और चाय के लिए अलबत्ता वे बाल-हठ जैसा करते थे। बाकी अपने बारे में कुछ नहीं। नेहरूजी की तबियत कैसी है? देश की राजनीति किस ओर से गुजर रही है? साहित्य में इन दिनों क्या चला हुआ है? यही सब बातें वे करते थे। पीड़ा होती तो कराह देकर वे फिर वैसे ही नॉर्मल हो जाते थे।

बीमारी से लड़कर मुक्तिबोध निश्चित जीत गये थे। बीमारी ने उन्हें मार दिया, पर तोड़ नहीं सकी। मुक्तिबोध का फौलादी व्यक्तित्व अन्त तक वैसा ही रहा। जैसे जिन्दगी में किसी से लाभ के लिए समझौता नहीं किया, वैसे मृत्यु से भी कोई समझौता करने को वे तैयार नहीं थे।

वे मरे। हारे नहीं। मरना कोई हार नहीं होती।

मनीषीजी

शहर के मध्यभाग में स्थित एक चाय का होटल है जो होटल से अधिक क्लब है। बाहर से बहुत भद्दा दिखने वाले इस होटल में तीस-चालीस सदस्य रोज नियमित रूप से चाय पीते हैं। यहाँ असामान्य व्यक्ति ही मैंने देखे हैं। सीमान्तों पर स्थित मनुष्यों का जमघट वहाँ होता है—याने वे जिनके मुख से निरन्तर लार झरता है, और वे जिनके मुख से गालियों की अजस्र वर्षा होती है; वे जो बीड़ी तक नहीं छूते और वे जो गाँजे की चिलम फूँके बिना घर से बाहर नहीं निकलते; वे जो अखंड संयमी हैं, और वे जो वेश्या के यहाँ जाकर पड़े रहते हैं; वे जो गऊ-से सीधे हैं, और वे जो सियार से धूर्त हैं। पंडित ज्ञानी, नेता, लेखक, कवि, शराबी, जुआड़ी, वेश्यागामी, गुंडे—सब यहाँ आते हैं और अँधेरे कमरे की भारी-भरकम टेबिल के आसपास टूटी कुर्सियों पर बैठकर उपनिषद् की व्याख्या से लेकर 'वर्थ-कंट्रोल' तक के विषयों पर चर्चा होती है।

मेरी असामान्यता की साधना जब पूरी हुई, तब मैं भी एक मित्र के द्वारा यहाँ लाया गया और मेरा प्रथम परिचय 'मनीषी जी' से कराया गया। प्रथम दृष्टि में ही जिस व्यक्तित्व को मैं ग्रहण कर सका, वह कुछ ऐसा था, अब भी ऐसा ही है—और शायद हमेशा ऐसा रहेगा।

घुटनों तक खादी की धोती, खादी की मिरजई, पाँव में फ़टी चप्पलें ऐसी कि पाँवों की रक्षा कम करें इज्जत की ज्यादा—आँखों पर चशमा, काले धागे से जेब में लटकी घड़ी, बायें हाथ में छड़ी, कंधों पर खद्दर-वसना कांग्रेसी भक्तिन की साड़ी की तरह बेलबूटेदार किनारी की चद्दर।

स्वस्थ तगड़ा शरीर, रंग खूब गोरा, बड़ा सिर जिसपर लम्बे-लम्बे घुँघराले

चिकने केश, उन्नत मस्तक, प्रशस्त ललाट, नुकीली नाक, बड़ी-बड़ी पानीदार आँखें जिनमें एक क्षण में दार्शनिक-सी चिन्ता, और दूसरे क्षण मूढ़-सी शून्यता, चौड़ा चेहरा जिस पर पहाड़ी झरने-सी निर्मल हँसी तथा बड़प्पन और सद्भावना की झलक।

उम्र अभिनेत्री की उम्र जैसी धोखेबाज और स्थिर।

वेश और शरीर को मिलाकर यह रूप 'मनीषी' के व्यक्तित्व की किताब की रंगीन 'जैकिट' है, जिसके भीतर जासूसी उपन्यास की तरह एक के बाद एक रहस्यमय अध्याय भरे हैं जिन्हें पढ़ते हुए मुझे दस साल हो गये, फिर भी जब अंतिम अध्याय पर पहुँचता हूँ, तो देखता हूँ कि आगे कोई परिशिष्ट जुड़ गया है।

पदवियों सहित पूरा नाम 'पण्डित महादेवप्रसाद शास्त्री, साहित्य-मनीषी, भूतपूर्व संपादक—हिमालय, आयुर्वेदाचार्य, 'ज्योतिषरत्न' है। 'शास्त्री', 'साहित्य-मनीषी', 'आयुर्वेदाचार्य' और 'ज्योतिषरत्न' पदवियाँ उन्होंने बिना किसी परीक्षा प स किये अपने आपको प्रदान कर ली हैं। ये 'आनरेरी डिगरियाँ' हैं, जैसी अरब के शाह को भारतीय विश्वविद्यालयों द्वारा दी गयी 'डॉक्टरेट'। 'हिमाचल' साप्ताहिक के कभी मनीषी स्वयं संपादक, व्यवस्थापक, कंपोजिटर, मशीनमैन, हॉकर—सब एक साथ ही थे। यह साप्ताहिक जब उनका मन होता था, तब निकलता था—किसी का गुलाम नहीं था। एक बार नगर के दूसरे पत्र ने 'महादेव प्रसाद मनीषी' की जगह 'महादेव प्रसाद मवेशी' छाप दिया। मनीषी जी को जब्त कहाँ? दूसरे ही अंक में उस संपादक के लिए माता और भगिनी से सम्बन्धित सब अश्लील गालियाँ छाप दीं। मुकदमा चला और वे शीघ्र ही 'भूतपूर्व संपादक' हो गये।

'ऐलोपेथी' और 'आयुर्वेद' के वे समान रूप से पंडित हैं—कुनैन और कड़ुआ-चिरायता की सीमाओं को लाँघने की बदतमीजी उनके ज्ञान ने कभी नहीं की। वे अपने को गरीबों का वैद्य कहते हैं। रोगी की जाँच का दो पैसा और एक खुराक दवा का एक पैसा, जो उनका रेट है, अक्सर उधार ही रहता है।

उनके चिकित्सा-ज्ञान पर जब किसी ने आक्षेप किया तो उन्होंने समझाया, 'देखो भाई, गरीब आदमी न तो ऐलोपेथी से अच्छा होता है, न होमियोपैथी से; उसे तो 'सिम्पेथी' (सहानुभूति) चाहिए। मैं 'सिम्पेथी' की सहस्रपुटी मात्रा देता

जाता हूँ, रोगी अच्छा होता जाता है।' अपनी चिकित्सा की सफलता के सम्बन्ध में उन्होंने एक बार कहा, 'सौ में पचास रोगी अपने आप अच्छे हो जाते हैं—दस डॉक्टर की दवा से अच्छे होते हैं। जो चालीस मरते हैं, उनमें पन्द्रह तो जीवन-शक्ति की समाप्ति के कारण मरते हैं और पच्चीस को डॉक्टर की दवा मार डालती है। मैं इन पच्चीस लोगों को साफ बचा लेता हूँ, क्योंकि मेरी पुड़िया न अच्छा असर करती है न बुरा। पन्द्रह तो धन्वंतरि के इलाज में भी मरेंगे ही। शेष को मैं अपनी 'सिम्पेथी' की डोज से बचा लेता हूँ। इस तरह मेरे इलाज में पचासी फीसदी रोगी अच्छे हो जाते हैं।

मनीषी इसी होटल के ऊपरी हिस्से में न जाने कब से रहते हैं, और इस इमारत के गिरने तक शायद यहाँ रहेंगे। उनका धन्धा कुछ भी नहीं है। भोजन आने का क्या जरिया है, किसी को नहीं मालूम। कपड़े कहाँ से मिल जाते हैं, और हमेशा इतने उजले कैसे रहते हैं यह भी एक रहस्य है। परन्तु इस व्यक्ति के मुख पर मैंने कभी चिन्ता-रेखा नहीं देखी, कभी परेशानी की छाया नहीं देखी, कभी दुःख की मलिनता नहीं देखी, जिसके खाने का ठिकाना नहीं है, जो दो दिन भूखा पड़ा रहता; एक फटा टाट जिसकी शय्या है, वर्षों पहले जिसके ईंट के चूल्हे पर अभी तक मिट्टी नहीं चढ़ पायी, एक मिट्टी का घड़ा, एक टीन का गिलास, एक तवा और डेगची जिसकी समस्त संपत्ति है; शरीर पर पहने हुए कपड़ों के सिवा जिसके पास एक अँगोछा और एक फटा कंबल-मात्र है—वह चिर-यौवन से कैसे लदा है? वार्धक्य इससे क्यों डरता है? केश किस भय से श्वेत नहीं होते? झुर्रियाँ चेहरे को क्यों नहीं छूतीं? चिन्ताओं के दैत्य इससे, क्यों दूर रहते हैं? दुःख इसके पास क्यों नहीं फटकता? यह किस स्रोत से जीवन-रस खींचता है कि सदा हरा-भरा रहता है? किस अमृत-घट से इसने घूँट पी लिया है कि संसार का जहर उस पर चढ़ता ही नहीं?

एक दिन मैं होटल में बैठा था। ऊपर से बाँसुरी की आवाज आयी। मैंने होटल मालिक से पूछा, 'बाँसुरी कौन बजा रहा है।' उन्होंने कहा, 'वही होगा मनीषी। खाना नहीं मिला होगा, तो बाँसुरी बजा रहा है।' उन्होंने उसे पुकारा और पूछा, 'अरे खाना खाया कि नहीं?' भूखे मनीषी के मुख पर मुस्कान आयी, जैसी भरे पेटवाले के मुख पर भी दुर्लभ है। वह बोला, 'खाया तो था, लेकिन परसों।' होटल मालिक ने उसे कुछ पैसे देकर कहा, 'जा कुछ खा ले। और यह

गाना-बजाना बन्द कर दे।' बाद में मुझे मालूम हुआ कि अगर मनीषी बाँसुरी बजाता हो तो इसका यह अर्थ है कि वह भूखा है। भर पेट वह कभी बाँसुरी नहीं बजाता। एक-दो रोज का भूखा होता है, तब टाट पर पड़ा-पड़ा बाँसुरी बजाया करता है। आगामी कल की जिसे चिन्ता न हो ऐसा आदमी दुर्लभ है, पर मनीषी को आज की भी चिन्ता नहीं है। कल कहीं से रोटी मिल गयी थी, तो आज भी कहीं से मिल जायेगी। आज न आयी, तो झक मारकर कल आयेगी—ऐसा उसका विश्वास है।

उसके कमरे में एक मिट्टी का घड़ा है, जिसमें ज्वार, बाजरी, गेहूँ, किसी का भी या सबका मिला हुआ आटा कभी-कभी रखा रहता है। एक छोटे-से बर्तन में नमक और मिर्च है। जब कहीं से खाना नहीं मिलता और घड़े में आटा हुआ तो मनीषी एक-दो रोटी सेंककर नमक मिर्च से खा लेता है। यदि आटा नहीं हुआ तो पड़ा-पड़ा बाँसुरी बजाता है। भूख को इस प्रकार संगीत बनाकर आस-पास बिखेरता है। कोई सुन लेता है, और भोजन करा देता है।

अपने खाने का ठिकाना नहीं है पर उदारता में कर्ण है। बड़े शरणागत वत्सल हैं। कोई भी आफत का मारा आ जाये, मनीषी के एक गज भर टाट पर और मक्के की दो रोटी पर उसका अधिकार है। जब तक घड़े में आटा है। तब तक दो रोटी खिलायेगा और आप खायेगा। जब आटा चुक जायेगा तब मनीषी बाँसुरी बजायेगा और अतिथि कुढ़ता हुआ सुनेगा। जिसे कहीं जगह नहीं मिलती, उसे मनीषी के यहाँ जरूर आश्रय मिल जायेगा। जिसे सब तिरस्कृत करें, वह अगर मनीषी के यहाँ पहुँच गया तो मनीषी अपना भाई बना लेंगे। कितने ही लोग उसका आश्रय पाते हैं। घर से निकले हुए लड़के, बेकार आदमी, तिरस्कृत नारियाँ, लेकिन मनुष्य—सब उसके औदार्य की छाया में आ बैठते हैं। कोई-कोई कृतघ्न जिस वृक्ष की छाया में बैठते हैं उसे एक-दो कुल्हाड़ी मार जाते हैं या कुछ शाखाएँ ही नोच जाते हैं। सुनते हैं ये आश्रयहीन लोग जाते वक्त उसका फटा कंबल या लोटा ही ले भागे हैं।

एक बार अनाथालय से भागी हुई तीन-चार तिरस्कृत और लांछित लड़कियाँ मनीषी के आश्रम आयीं। मनीषी ने उन्हें 'धर्मपुत्री' मान लिया। दो-चार दिनों में उनके यहाँ 'धर्मपुत्र' भी आने लगे और जब इन 'धर्मपुत्रों' ने उनकी 'धर्मपुत्रियों' को 'धर्मपत्नियाँ' बनाने का उपक्रम किया तो मुहल्ले वालों ने

बड़ा हल्ला-गुल्ला मचाया। वे लड़कियाँ 'धर्मपिता' को छोड़कर भागीं। अभी भी मनीषी बड़े दर्द से धर्मपुत्रियों को याद करते हैं। कहते हैं, "न जाने बेटियाँ कहाँ हैं ? किस हालत में हैं ?"

ऐसा नहीं है कि उसने श्रम करने का प्रयास नहीं किया हो। 'हिमालय' की संपादकी के सिवा वे अनेक कार्य करके छोड़ चुके हैं। अपने इन अनुभवों को मनीषी खाली समय में बड़े रोचक ढंग से सुनाते हैं। एक प्याले चाय में एक ही अनुभव सुनाते हैं। कहने लगे, "स्टंट पिक्चर में मुझे काम मिला। पूना में शूटिंग हो रही थी। मेरा काम था कि मैं पुल पर नाले के किनारे खड़ा रहूँ और जब 'हीरो' घोड़े पर वहाँ से निकले, तो तलवार का ऐसा वार करूँ कि तलवार उसे लगती हुई दिखे, पर लगे नहीं। मैं तैयार हो गया। 'हीरो' आया तो कम्बख्त ने मुझे ही कोड़ा घुमाकर कनपटी में मार दिया ! मुझे गुस्सा आ गया। बस मैंने भोथरी तलवार का ऐसा वार किया कि बेटा नाले में गिर पड़े। हाथ की हड्डी टूट गयी पर मेरी नौकरी भी उसी वक्त खत्म हो गयी।"

फिल्म-कम्पनी के अनुभव आगे बढ़ाते हुए वे बोले, "एक और फिल्म में काम मिला। मैं बनाया गया हीरो का नौकर। चार-छह दिन बाद 'हीरोइन' एक दिन एकान्त में बोली, "मिस्टर मनीषी", आई लव यू। "मैंने कहा, लेडी, देन आइ शैल लीव दिस प्लेस एट वन्स !' बस मैं भाग आया।"

हमने पूछा, "वह तो तुम पर मोहित थी। तुम भाग क्यों आये ?"

मनीषी बड़ी समझदारी से बोले, "अरे अरे, प्यार करने वाली स्त्री बड़ी खतरनाक होती है। न जाने कब किससे प्यार करने लगे और तुम्हें पिटवा दे। उस अभिनेत्री से डायरेक्टर खुद प्यार करता था। अगर उसे मालूम हो जाता तो मुझे कहीं मरवाकर फिंकवा देता। मनीषी की जान अभिनेत्रियों पर न्यौछावर होने के लिए नहीं है।"

फिर मनीषी ने राजनीति का व्यवसाय अपनाया। नेता हो जाना बड़ा अच्छा धन्धा है ! पर वे किसी भी दल के प्रति पक्षपात नहीं करते थे। वे एक साथ ही कांग्रेस, समाजवादी दल, साम्यवादी दल, जनसंघ, रामराज्य परिषद् आदि सब में थे। हर मंच से भाषण देते—घंटों बोलते और लोग ऊबते नहीं, क्योंकि वे कुछ बोलते ही नहीं हैं। एक बार वे एक सभा में बोलने खड़े हो गये। बड़े जोश में बोले, "कांग्रेसी चोर हैं। समाजवादी उचक्के हैं। साम्यवादी लुच्चे हैं।"

आदि-आदि। आधा घंटे तक सब दलों को गाली देते रहे। श्रोताओं ने हल्ला मचाया, "अपने शब्द वापस लो।" मनीषीजी ने हँसते हुए कहा, "तुम शब्द वापस लेने को कहते हो, मैं अपना पूरा भाषण वापस लेता हूँ, और फिर नया भाषण आरम्भ करता हूँ। सुनो। भाइयो और बहनो।" फिर आधा घंटे तक भाषण देते रहे।

एक दिन उनके निवास-स्थान के सामने के सभास्थल में रामराज्य परिषद् की सभा हो रही थी। मनीषी बे-बुलाए पहुँच गये और सिंह की तरह मंच पर चढ़ गये। मंच पर बैठे नेता बोले, "आप कौन हैं? क्या चाहते हैं?" मनीषी ने कहा, "मैं नेता हूँ, भाषण देने आया हूँ।"

"आप किस दल के नेता हैं?"

"मैं सब दलों का नेता हूँ।"

मंच पर के नेताओं ने उन्हें भाषण नहीं देने दिया। पर जनता मनीषी को देखकर हर्षध्वनि करने लगी। लोग चिल्लाए, "मनीषीजी को बोलने दो।"

मनीषीजी लाउडस्पीकर लेकर खड़े हुए और धुआँधार भाषण आरम्भ कर दिया। आसपास के लोग निकट आ गये और सभास्थल खचाखच भर गया। भाषण क्या था—अनर्गल प्रलाप और गाली गलौज, पर मनीषी से यही सुनकर मजा लेने की उम्मीद से लोग इकट्ठा हुए थे। बीच-बीच में ताली और हर्षध्वनि होने लगी। पूरे एक घंटे तक मनीषी बोलते रहे और वे नेता लोग भाग खड़े हुए। मनीषी मंच से उतरे और विजयी योद्धा की तरह झूमते हुए, आसपास देखते हुए जाकर अपने जीने पर चढ़ गये। नीचे जनसमूह इकट्ठा हुआ। चिल्लाया, "मनीषीजी की जय! मनीषीजी दर्शन दो।" भक्तों की पुकार पर मनीषीजी खिड़की पर आये। हाथ जोड़कर, मुस्कराते हुए दर्शन दिये।

दो-चार भक्त ऊपर चढ़ गये और उन्हें नीचे उतार लाये। एक जुलूस बनाकर होटल में उन्हें ले गये, चाय पिलाई और छह पैसों की थैली भेंट की।

फिर मनीषी ने राजनीति का धन्धा भी छोड़ दिया।

सब काम कर देखे और जब कोई नहीं बना तब मनीषी ने सोचा कि कोई काम नहीं करना ही अच्छा है।

पर हौसले उनके बहुत ऊँचे हैं। मुझसे कभी-कभी बड़ी गम्भीरता से कहते हैं कि मैं शीघ्र ही 'अन्तर्राष्ट्रीय पत्रकार-संघ' खोलने वाला हूँ। एक

फिल्म-कम्पनी खोलने की भी उनकी योजना चल रही है, जिसमें मुझे खलनायक का काम देने का वायदा वे कर चुके हैं।

नीचे वे मुझसे फिल्म-कम्पनी की योजना पर चर्चा करते रहे। थोड़ी देर बाद ऊपर उठकर गये तो बाँसुरी बजाने लगे। भूखे थे।

थोड़ी देर बाद नीचे उतरे तो चेहरे पर वही मस्ती, वही हँसी थी। मैं सोचता हूँ, क्या यह हँसी विक्षिप्त की हँसी है? क्या यह निरपेक्ष जीवन का हास्य है? क्या यह उस चरम विफलता की हँसी है, जब आदमी सोच लेता है कि हमसे अब कुछ नहीं बनेगा? क्या यह उस उदासीन वृत्ति का हास्य है कि हमारे बनने या बिगड़ने में कोई मतलब नहीं? अथवा दर्द को कलेजे की भट्ठी में गलाकर इसने हँसी के रूप में प्रवाहित कर दिया है?

दल बदलने वाला

कभी ऐसा मौसम आता है कि पतंगे न जाने कहाँ से उठकर मँडराने लगते हैं।

कभी ऐसा मौसम आता है कि न जाने कितनी परतों के नीचे दबा ईमान सहसा सिर तानकर खड़ा हो जाता है।

मौसम की बात है—पतंगा और ईमान एक से भिन्नाने लगते हैं।

पिछले बीस सालों में इस साल मार्च से मौसम ऐसा हो गया है कि जहाँ कुछ नहीं था, वहाँ से ईमान उठकर मँडराने लगा। जहाँ मिट्टी थी, वहाँ आत्मा पैदा होकर बिलबिलाने लगी।

ऋतु-विशेषज्ञों की राय है कि इस बार आम चुनाव के कारण ऐसा मौसम आया है। जब तक दूसरा चुनाव न हो जाय, यही मौसम चलता रहेगा और ईमान तथा आत्मा इसी तरह हरकत करते रहेंगे।

उस दिन मेरे गाँव के ही निवासी हरचरन ने मुझे बताया कि उसकी आत्मा से भी पुकार उठने लगी है। हरचरन दूसरी बार कांग्रेस टिकिट पर विधायक हो गया है।

बोला—भैया, कांग्रेस छोड़ने का एक अच्छा वक्तव्य लिख दो।

मैंने पूछा—तुम कांग्रेस क्यों छोड़ रहे हो ?

उसने कहा—मेरी आत्मा से ऐसी ही पुकार उठ रही है। कांग्रेस पूज्य बापू के सिद्धान्तों की हत्या कर रही है। कांग्रेस प्रजातन्त्र की रक्षा नहीं कर सकती। मैं सिद्धान्तवादी आदमी हूँ। तुम तो जानते हो।

मैं सचमुच अकचका गया। मुझे सपने में भी कल्पना नहीं थी कि कभी हरचरन के मुँह से 'आत्मा', 'सिद्धान्त', 'प्रजातन्त्र' जैसे शब्द सुनूँगा। अभी न जाने कितने बुरे दिन देखने हैं।

मैंने पूछा—क्यों हरचरन तेरी आत्मा कब बोल पड़ी। पहले तो गूंगी थी। कुछ इलाज करवाया है क्या?

उसने कहा—भैया, मैं परसों मुख्यमंत्री के पास गया और कहा—कांग्रेस के सिद्धान्तों की हत्या हो रही है। मैं यह बरदाशत नहीं कर सकता। उन्होंने कहा—अभी तक जैसे बरदाश्त करते रहे, वैसे ही आगे भी कर लो। मैंने कहा—अब आगे बरदाश्त नहीं होगी। मेरे साथ मेरी बिरादरी के छः विधायक भी यह सोचते हैं कि सिद्धान्तों की हत्या ज्यादा होने लगी है। मुख्यमन्त्री ने कहा—अगर तुम अकेले कहते कि सिद्धान्तों की हत्या हो रही है, तो मैं विश्वास न भी करता। पर तुम्हारे साथ छः विधायक और यही बात कहते हैं, तो मुझे विश्वास करना ही पड़ेगा। सिद्धान्तों की रक्षा मैं भी करना चाहता हूँ। आओ, हम तुम मिलकर सिद्धान्तों की रक्षा कर लें। मैं तुम्हें संसदीय सदस्य बना देता हूँ। क्या इससे आपके सिद्धान्तों की रक्षा हो जायेगी? मैंने कहा—नहीं साहब, इतने बड़े सिद्धान्तों की रक्षा इतने छोटे पद से कैसे हो सकती है? कम से कम डिप्टी मिनिस्टर बनाइए, तब रक्षा होगी। मुख्यमन्त्री ने कहा—अभी वह 'स्टेज' नहीं आयी है जब सिद्धान्तों की रक्षा के लिए तुम्हें मन्त्रिमण्डल में लेना पड़े। बस भैया, ज्योंही मैं उनके बँगले से बाहर निकला मेरी आत्मा बोलने लगी।

मैंने पूछा—खूब जोर से और साफ बोल रही थी?

वह बोला—हाँ भैया, बहुत जोर से बोल रही थी। आसपास के लोग सुनकर पूछते थे—इतनी अच्छी बातें कौन बोल रहा है? मैं बताता कि गांधीजी के इस छोटे से सेवक की आत्मा बोल रही है।

मैंने पूछा—क्या बोल रही थी?

वह बोला—कहती थी—हे मूर्ख हरचरन, तुझे पाँच साल इस जगह बैठते हो गये, पर तुझसे कुछ नहीं बना। उधर वह खुमानसिंह डिप्टी हो गया। तेरी सारी बिरादरी में बदनामी हो रही है। कांग्रेस तो मर चुकी। उससे प्रजातंत्र की रक्षा नहीं हो सकती। कांग्रेस में आज सारे सिद्धान्तों की हत्या हो रही है। जो लोग तुझे डिप्टी नहीं बना सकते, वे प्रजातन्त्र की रक्षा कैसे कर सकते हैं? छोड़ इस कांग्रेस को। पिछले दो दिनों से ऐसी आवाज मेरी आत्मा से उठ रही है और मैं बहुत बेचैन हूँ। तुम एक अच्छा-सा वक्तव्य लिख दो।

मैंने कहा—हरचरन, तुम कहीं उतावली में तो कांग्रेस नहीं छोड़ रहे हो?

कहीं यह संसदीय सचिव का पद भी हाथ से न छूट जाय।

उसने समझाया—नहीं, मैंने बात कर ली है। विरोधी पक्ष मिलकर 10-15 दिनों में सरकार बना लेंगे। उन्होंने मुझे डिप्टी मिनिस्टर बनाने का वायदा कर दिया है। शुद्ध आत्मा चालाक होती है। उसे कोई धोखा नहीं दे सकता।

मैंने कहा—तो विरोधी दलों में से तुम किसमें शामिल हो रहे हो?

उसने कहा—अभी किसी में नहीं भैया। अभी तो हम प्रजातन्त्र के रक्षक बनकर दोनों के बीच में रहेंगे। कांग्रेस से भी प्रजातंत्र की रक्षा करेंगे और विरोधी दलों से भी। वैसे जितनी इज्जत मेरी इन दिनों हो रही है उतनी कभी नहीं हुई। बड़े-बड़े लोग मेरे पास आते हैं और मुझे बड़ी-बड़ी पार्टियों में बुलाया जाता है।

मैंने पूछा—फिर भी इतनी पार्टियों में सबसे अच्छी पार्टी तुम्हें कौन लगती है?

उसने भोलेपन से कहा—सभी पार्टियाँ अच्छी हैं भैया। सभी देश की सेवा करती हैं। अपने से सभी पार्टी वाले प्रेम से बोलते हैं। जनसंघ के तिकड़म कर जी प्रेम से बोलते हैं। संसोपा के आजाद साहब और प्रसोपा की 'आँधी' बहन जी भी बड़े प्रेम से बिठाते और बात करते हैं। अपने लिए तो सभी अच्छे हैं। पार्टीबाजी और कार्यक्रम वगैरह तो भैया, फालतू चोंचले हैं। अपना तो भेदभाव नहीं मानते। हाँ कम्युनिस्टों से जरा हम भड़कते हैं। सुना है, इन लोगों की भगवान् से नहीं पटती।

मैंने हरचरन के कांग्रेस छोड़ने का वक्तव्य लिख दिया और उसने उसे अखबारों में छपवा लिया।

चार-पाँच दिन बाद हरचरन फिर आया। वह परेशान था। बोला—भैया तीन-चार दिन तो ठीक रहा। पर कल से फिर मेरी आत्मा से आवाज उठने लगी?

मैंने कहा—यह बुरी बीमारी तुम्हें लग गयी, हरचरन! इस बार क्या हुआ जो आत्मा बोलने लगी?

उसने कहा—भैया, परसों मुख्यमंत्री ने बुलाया। पूछने लगे कि, तुमने कांग्रेस क्यों छोड़ी। मैंने साफ कह दिया कि मेरे सैद्धान्तिक मतभेद हैं। मैं अपनी आँखों के सामने सिद्धान्तों की हत्या नहीं देख सकता।

उन्होंने कहा—सिद्धान्तों की रक्षा तो उधर भी नहीं हो सकती। उस भानुमती के पिटारे का क्या ठिकाना? वे पार्टियाँ तो आपस में लड़ेंगी और मन्त्रिमण्डल

टूटेगा। तुम दो-तीन महीने से ज्यादा उपमन्त्री नहीं रह सकते। इधर कांग्रेस का काम स्थायी है। तुम लौट आओ। मैं तुम्हें स्टेट मिनिस्टर बनाये देता हूँ।

वह चुप हो गया। मैंने पूछा—फिर क्या हो गया?

उसने कहा—बस भैया, मेरी आत्मा फिर कहने लगी—अरे हरचरन, सिद्धान्तों की हत्या तो इधर भी हो रही है। कांग्रेस की हत्या तो तेरी देखी हुई है। तुझे उसका अभ्यास है। विरोधी यदि नये ढंग से हत्या करने लगे, तो तुझसे बरदाश्त नहीं होगा। जरा सोच, वे लोग ज्यादा सिद्धान्तवादी हैं, जो तुझे सिर्फ डिप्टी बना रहे हैं या वे जो स्टेट मिनिस्टर बना रहे हैं, तू तो लौट आ। मैंने आत्मा की बात मान ली है। तुम कांग्रेस में लौटने का वक्तव्य बना दो।

मैंने कहा—पर अभी तेरे ही दस्तखत से कांग्रेस विरोधी वक्तव्य अखबारों को गया था। अब ठीक उलटा वक्तव्य कैसे देगा? क्या कहेगा तू?

हरचरन बोला—तुम लिख दो कि मुझे डरा-धमकाकर और धोखा देकर दस्तखत कराये गये। मुझे विरोधी अभी भी फुसला रहे हैं। पर मुझे कांग्रेस के सिद्धान्त प्यारे हैं और कांग्रेस ही जनता का भला कर सकती है। मैं अपने सिद्धान्तों की रक्षा के लिए कांग्रेस में जा रहा हूँ।

मैंने उसका वक्तव्य लिख दिया। सोचा अब यह स्टेट मिनिस्टर बन जायेगा और इसकी आत्मा मौन हो जायेगी।

पर चौथे दिन वह फिर आ गया। बोला—आत्मा बड़ी बेचैन है।

मैंने पूछा—अब क्या हो गया?

वह बोला—बड़ा गजब हो गया। विरोधियों का बहुमत हो रहा है और कांग्रेस की सरकार जा रही है। विरोधी भी मुझे स्टेट मिनिस्टर बनाने को राजी हैं। मेरी आत्मा मुझे बार-बार चेतावनी दे रही है कि अगर तू विरोध में नहीं आया, तो प्रजातन्त्र का नाश हो जायेगा। मुझे अपनी कोई चिन्ता नहीं है, पर प्रजातन्त्र की रक्षा तो करनी ही पड़ेगी। ईश्वर की शायद इच्छा है कि मेरे ही हाथों प्रजातन्त्र की रक्षा हो। मैं इस महान् उत्तरदायित्व से कैसे मुँह मोड़ सकता हूँ। तुम तो मेरा वक्तव्य लिखो।

मैंने कहा—इस बार क्या कारण लिखा जायेगा?

उसने कहा—जो सत्य है, वही लिखो। सत्य की अन्त में जय होती है। इस बार लिख दो कि कांग्रेसियों ने डराकर और धोखा देकर वक्तव्य पर दस्तखत करा

लिए थे। कांग्रेस देश का नाश कर रही है। मुझ जैसा देश-भक्त और ईमानदार जन-सेवक हरगिज उसका साथ नहीं देगा। अन्त में यह भी लिख दो कि मैं कांग्रेस वालों को चेतावनी देता हूँ कि मुझे फुसलाने की कोशिश न करें।

मैंने फिर उसका वक्तव्य लिख दिया।

विधान-सभा में शक्ति परीक्षण के जब दो दिन बचे, तब हरचरन फिर आया। इस बार उसका चेहरा पीला था।

बोला—इस बार मेरी आत्मा बहुत कातर होकर कह रही है कि जिस कांग्रेस ने देश को आजादी दिलाई, जो कांग्रेस गांधी और नेहरू के पुण्य से सींची गयी, उस कांग्रेस को मत छोड़। कांग्रेस ही देश का भला कर सकती है, वही प्रजातन्त्र की रक्षा कर सकती है।

मैंने पूछा—तेरी आत्मा इस बार किस कारण से बोल उठी।

वह बोला—क्या बताऊँ, गाँजे के कारण।

मैं चौंका—गाँजे के कारण पश्चिम के नौजवानों की आत्मा बोलने लगी है। हरचरन की आत्मा भी क्या गाँजे से बोलने लगी?

मैंने कहा—क्या तुम गाँजा पीने लगे?

उसने कहा—नहीं, बात यह हुई कि परसों मेरे कमरे में किसी ने खिड़की से आधा किलो गाँजा फेंक दिया। मैं दरवाजा खोलकर भीतर गया कि पुलिस आ गयी। कल मुख्यमन्त्री ने मुझसे कहा—अब यह तुम्हारा गाँजे का मामला फँस गया है। क्या कहते हो? जेल में जाओगे या कांग्रेस में? लौटते हो तो केस उठवा लेता हूँ। भैया, मेरी अन्तरात्मा रो-रो कर कह रही है कि तू गांधी और नेहरू की पार्टी मत छोड़। कांग्रेस के सिद्धान्तों से ही देश का भला होगा।

मैंने पूछा—तुम्हें मन्त्री बनाने का वादा किया है?

वह बोला—अब काहे का वायदा भैया। यह जो गाँजे का मामला फँस गया। मैं पदलोलुप नहीं हूँ। मैं तो कांग्रेस के एक सिपाही की हैसियत से जनता की सेवा करना चाहता हूँ। आज देश को निष्ठावान और ईमानदार कार्यकर्ता चाहिए।

मैंने उसका आखिरी वक्तव्य लिख दिया। हरचरन गाँजे के 'केस' से डरता हुआ एक साधारण सिपाही की तरह देश की सेवा कर रहा है।

घायल वसन्त

कल वसन्तोत्सव था। कवि वसंत के आगमन की सूचना गा रहा था—'प्रिय, फिर आया मादक वसंत।'

मैंने सोचा, जिसे वसंत के आने का बोध भी अपनी तरफ से कराना पड़े, उस प्रिय से तो शत्रु अच्छा। ऐसे नासमझ को प्रकृति-विज्ञान पढ़ायेंगे या उससे प्यार करेंगे। मगर कवि को न जाने क्यों ऐसा बेवकूफ पसन्द आता है।

- कवि मग्न हो कर गा रहा था—

'प्रिय, फिर आया मादक वसंत!'

पहली पंक्ति सुनते ही मैं समझ गया कि इस कविता का अन्त 'हा हंत' से होगा, और हुआ। अंत, संत, दिगंत आदि के बाद सिवा 'हा हंत' के कौन पद पूरा करता? तुक की यही मजबूरी है। लीक के छोर पर यही गहरा गढ़ा होता है। तुक की गुलामी करोगे तो आरम्भ चाहे 'वसंत' से कर लो, अन्त जरूर 'हा हंत' से होगा। सिर्फ कवि ऐसा नहीं करता। और लोग भी, सयाने लोग भी, इस चक्कर में होते हैं। व्यक्तिगत और सामाजिक जीवन में तुक पर तुक बिठाते चलते हैं और 'वसंत' से शुरू करके 'हा हंत' पर पहुँचते हैं। तुकें बराबर फिट बैठती हैं, पर जीवन का आवेग निकल भागता है। तुकें हमारा पीछा छोड़ ही नहीं रही हैं। हाल ही में हमारी समाजवादी सरकार के अर्थमंत्री ने दबा सोना निकालने की जो अपील की, उसकी तुक शुद्ध सर्वोदय से मिलायी—'सोना दबाने वालो, देश के लिए स्वेच्छा से सोना दे दो।' तुक उत्तम प्रकार की थी; साँप तक का दिल नहीं दुखा। पर सोना चार हाथ और नीचे चला गया। आखिर कब हम तुक को तिलांजलि देंगे? कब बेतुका चलने की हिम्मत करेंगे?

कवि ने कविता समाप्त कर दी। उसका 'हा हंत' आ गया था। मैंने कहा, 'धत्तेरे की ! 7 तुकों में ही टें बोल गया। राष्ट्रकवि इस पर कम से कम 51 तुकें बाँधते हैं। 9 तुकें तो उन्होंने 'चक्र' पर बाँधी हैं। (देखो 'यशोधरा' पृष्ठ 13) पर तू मुझे क्या बतायेगा कि वसंत आ गया। मुझे तो सुबह से ही मालूम है। सवेरे वसंत ने मेरा दरवाजा भी खटखटाया था। मैं रजाई ओढ़े सो रहा था। मैंने पूछा—"कौन ?" जवाब आया—"मैं वसंत।" मैं घबड़ा उठा। जिस दूकान से सामान उधार लेता हूँ, उसके नौकर का नाम भी वसंतलाल है। वह उधारी वसूल करने आया था। कैसा नाम है, और कैसा काम करना पड़ता है इसे ! इसका नाम पतझड़दास या तुषारपात होना था। वसंत अगर उधारी वसूल करता फिरता है तो किसी दिन आनन्दकर थानेदार मुझे गिरफ्तार करके ले जायेगा और अमृतलाल जल्लाद फाँसी पर टाँग देगा !

वसंतलाल ने मेरा मुहूर्त बिगाड़ दिया। इधर से कहीं ऋतुराज वसंत निकलता होगा, तो वह सोचेगा कि ऐसे के पास क्या जाना जिसके दरवाजे पर सवेरे से उधारी वाले खड़े रहते हैं ! इस वसंतलाल ने मेरा मौसम ही खराब कर दिया।

मैंने उसे टाला और फिर ओढ़ कर सो गया। आँखें झँप गयीं। मुझे लगा, दरवाजे पर फिर दस्तक हुई। मैंने पूछा—"कौन ?" जवाब आया—"मैं वसंत !" मैं खीझ उठा—"कह तो दिया कि फिर आना।" उधर से जवाब आया,"मैं बार-बार कब तक आता रहूँगा ? मैं किसी बनिये का नौकर नहीं हूँ ऋतुराज वसंत हूँ। आज तुम्हारे द्वार पर फिर आया हूँ और तुम फिर सोते मिले हो। अलाल, अभागे, उठ बाहर तो देख।ठूठों ने भी नव पल्लव पहन रखे हैं। तुम्हारे सामने की प्रौढ़ा नीम तक नवोढ़ा से हाव-भाव कर रही है—और बहुत भद्दी लग रही।"

मैंने मुँह उघाड़ कर कहा, "भई माफ़ करना, मैंने तुम्हें पहचाना नहीं। अपनी यही विडम्बना है कि ऋतुराज वसंत भी आये, तो लगता है, उधारी के तगादे वाला आया। उमंगें तो मेरे मन में भी हैं, पर यार, ठंड बहुत लगती है।" वह जाने के लिए मुड़ा। मैंने कहा, "जाते-जाते एक छोटा-सा काम मेरा करते जाना। सुना है तुम ऊबड़-खाबड़ चेहरों को चिकना कर देते हो; 'फ़ेसलिफ्टिंग' के अच्छे कारीगर हो तुम। तो जरा यार, मेरी सीढ़ी ठीक करते जाना, उखड़ गयी है।"

उसे बुरा लगा। बुरा लगने की बात है। जो सुन्दरियों के चेहरे सुधारने का

कारीगर है, उससे मैंने सीढ़ी सुधारने के लिए कहा। वह चला गया।

मैं उठा और शाल लपेट कर बाहर बरामदे में आया। हजारों सालों के संचित संस्कार मेरे मन पर लदे हैं; टनों-कवि-कल्पनाएँ जमी हैं। सोचा, वसंत है तो कोयल होगी ही। पर न कहीं कोयल दिखी न उसकी कूक सुनाई दी। सामने की हवेली के कंगूरे पर बैठा कौआ 'काँव-काँव' कर उठा। काला, कुरूप, कर्कश कौआ—मेरी सौंदर्यभावना को ठेस लगी। मैंने उसे भगाने के लिए कंकड़ उठाया। तभी खयाल आया कि एक परम्परा ने कौए को भी प्रतिष्ठा दे दी है। यह विरहणी को प्रियतम के आग मन का संदेसा देने वाला माना जाता है। सोचा, कहीं यह आसपास की किसी विरहणी को प्रिय के आने का सगुन न बता रहा हो। मैं विरहणियों के रास्ते में कभी नहीं आता; पतिव्रताओं से तो बहुत डरता हूँ। मैंने कंकड़ डाल दिया। कौआ फिर बोला। नायिका ने सोने से उसकी चोंच मढ़ाने का वायदा कर दिया होगा। शाम की गाड़ी से अगर नायक दौरे से वापस आ गया, तो कल नायिका बाजार से आने वाले सामान की जो सूची उसके हाथ में देगी, उसमें दो तोले सोना भी लिखा होगा। नायक पूछेगा—'प्रिये, सोना तो अब काला बाजार में मिलता है। लेकिन अब तुम सोने का करोगी क्या?' नायिका लजा कर कहेगी—'उस कौए की चोंच मढ़ाना है, जो कल सवेरे तुम्हारे आने का सगुन बता गया था।' तब नायक कहेगा—'प्रिय, तुम बहुत भोली हो। मेरे दौरे का कार्यक्रम यह कौआ थोड़े ही बनाता है वह कौआ बनाता है जिसे हम 'बड़ा साहब' कहते हैं। इस कलूटे की चोंच सोने से क्यों मढ़ाती हो? हमारी दुर्दशा का यही तो कारण है कि तमाम कौए सोने से चोंच मढ़ाए हैं, और इधर हमारे पास हथियार खरीदने को सोना नहीं है। हमें तो कौओं की चोंच से सोना खरोंच लेना है। जो आनाकानी करेंगे, उनकी चोंच काट कर सोना निकाल लेंगे। प्रिये, वह बड़ी गलत परम्परा है, जिसमें हंस और मोर की चोंच तो नंगी रहे, पर कौए की चोंच पर सुन्दरी खुद सोना मढ़े!' नायिका चुप हो जायेगी। स्वर्ण नियन्त्रण कानून से सबसे ज्यादा नुकसान कौओं और विरहणियों का हुआ है। अगर कौए ने 14 कैरेट के सोने से चोंच मढ़ाना स्वीकार नहीं किया, तो विरहणी को प्रिय के आगमन की सूचना कौन देगा?

कौआ फिर बोला। मैं इससे युगों से घृणा करता हूँ; तब से, जब इसने सीता के पाँव में चोंच मारी थी। राम ने अपने हाथ से फूल चुन कर, उनके

आभूषण बनाकर सीता को पहनाये। इसी समय इन्द्र का बिगड़ैल बेटा जयन्त आवारागर्दी करता वहाँ आया और कौआ बन कर सीता के पाँव में चोंच मारने लगा। ये बड़े आदमी के बिगड़ैल लड़के हमेशा दूसरों का प्रेम बिगाड़ते हैं। यह कौआ भी मुझसे नाराज है, क्योंकि अपने घर के झरोखे में गौरैयों को घोंसले बना लेने दिये हैं।

पर इस मौसम में कोयल कहाँ है? वह अमराई में होगी। कोयल से अमराई छूटती नहीं है, इसलिए इस वसन्त में कौए की बन आयी है। वह तो मौका परस्त है; घुसने के लिए पोल ढूँढ़ता है। कोयल ने उसे जगह दे दी है। वह अमराई की छाया में आराम से बैठी है। और इधर हर ऊँचाई पर कौआ बैठा 'काँव-काँव' कर रहा है। मुझे कोयल के पक्ष में उदास पुरातन प्रेमियों की आह भी सुनाई देती है—'हाय, अब वे अमराइयाँ यहाँ कहाँ हैं कि कोयलें बोलें। यहाँ तो ये शहर बस गये हैं और कारख़ाने बन गये हैं।' मैं कहता हूँ कि सर्वत्र अमराइयाँ नहीं हैं, तो ठीक ही है। आखिर हम कब तक जंगली बने रहते? मगर अमराई और कुंज और बगीचे भी हमें प्यारे हैं। हम कारखाने को अमराई से घेर देंगे और हर मुहल्ले में बगीचा लगा देंगे। अभी थोड़ी देर है। पर कोयल को धीरज के साथ हमारा साथ तो देना था। कुछ दिन धूप को हमारे साथ सहना था। जिसने धूप में साथ नहीं दिया, वह छाया कैसे बँटाएगी? जब हम अमराई बना लेंगे, तब क्या वह उसमें रह सकेगी? नहीं, तब तक तो कौए अमराई पर भी कब्जा कर लेंगे। कोयल को अभी आना चाहिए। अभी जब हम मिट्टी खोदें, पानी सींचें और खाद दें, तभी से उसे गाना चाहिए।

कौआ फिर बोला। विरहणी की भावना का खयाल करके मैं सह रहा हूँ।

मैं बाहर निकल पड़ता हूँ। चौराहे पर पहली वसंती साड़ी दिखी। मैं उसे जानता हूँ यौवन की एड़ी दिख रही है—वह जा रहा है—वह जा रहा है। अभी कुछ महीने पहले ही शादी हुई है। मैं तो कहता आ रहा था कि चाहे कभी ले, 'रूखी री यह डाल वसन वासंती लेगी'—(निराला)। उसने वसन वासंती ले लिया। कुछ हजार में उसे यह बूढ़ा हो रहा पति मिल गया। वह भी उसके साथ है। वसंत का अन्तिम चरण और पतझड़ साथ जा रहे हैं। उसने माँग में बहुत-सा सिन्दूर चुपड़ रखा है। जिसकी जितनी मुश्किल से शादी होती है, वह बेचारी उतनी ही बड़ी माँग भरती है। उसने बड़े अभिमान से मेरी तरफ देखा। फिर पति

को देखा। उसकी नजर में ठसक और ताना है, जैसे अँगूठा दिखा रही है कि ले, मुझे तो यह मिल ही गया मगर यह क्या? वह ठंड से काँप रही है और 'सीसी' कर रही है। वसंत में वासंती साड़ी को कँपकँपी छूट रही है।

यह कैसा वसंत है जो शीत के डर से काँप रहा है? क्या कहा था विद्यापति ने—'सरस वसंत समय भल पाओलि दछिन पवन बहु धीरे!' नहीं मेरे कवि, दक्षिण से मलय पवन नहीं बह रहा। यह उत्तर से बर्फीली हवा आ रही है। हिमालय के उस पार से आकर इस बर्फीली हवा ने हमारे वसंत का गला दबा दिया है।[1] हिमालय के पार बहुत-सा बर्फ़ बनाया जा रहा है जिसमें सारी मनुष्य जाति को मछली की तरह जमा कर रखा जायेगा। यह बड़ी भारी साजिश है—बर्फ़ की साजिश! इसी बर्फ़ की हवा ने हमारे आते वसंत को दबा रखा है।

यों हमें विश्वास है कि वसंत आयेगा। शैली ने कहा है—अगर शीत आ गयी है, तो क्या वसंत बहुत पीछे होगा? वसंत तो शीत के पीछे लगा हुआ ही आ रहा है। पर उसके पीछे गरमी भी तो लगी है। अभी उत्तर से शीत-लहर आ रही है तो फिर पश्चिम से लू भी तो चल सकती है।[2] बर्फ़ और आग के बीज में हमारा वसंत फँसा है। इधर शीत उसे दबा रही है और उधर से गरमी। और वसंत सिकुड़ता जा रहा है।

मौसम की मेहरबानी पर भरोसा करेंगे, तो शीत से निपटते-निपटते लू तंग करने लगेगी। मौसम के इंतजार से कुछ नहीं होगा। वसंत अपने आप नहीं आता; उसे लाया जाता है। सहज आने वाला तो पतझड़ होता है, वसंत नहीं। अपने आप तो पत्ते झड़ते हैं। नये पत्ते तो वृक्ष का प्राण रस पीकर पैदा होते हैं। वसंत यों नहीं आता। शीत और गरमी के बीज से जो जितना वसंत निकाल सके, निकाल ले। दो पाटों के बीच में फँसा है, देश का वसंत। पाट और आगे खिसक रहे हैं। वसंत को बचाना है तो जोर लगा कर इन दोनों पाटों को पीछे ढकेलो—इधर शीत को, उधर गरमी को। तब बीच में से निकलेगा हमारा घायल वसंत।

---

1. चीन की युद्ध और शान्ति सम्बन्धी नीति और भारत की सीमा पर 1962 में चीन का हमला।
2. पाकिस्तान।

गेहूँ का सुख

मुझे याद नहीं इस घर में इतना गेहूँ इकट्ठा कभी आया हो—विवाह और गमी के मौकों को छोड़ कर। पर विवाह पिछले दस सालों से कोई नहीं हुआ। गमी एकाध हुई, पर श्राद्ध और ब्राह्मण-भोजन मैंने होने नहीं दिये। हमारे यहाँ रोज ही ब्राह्मण-भोजन होता है क्योंकि हम रोज ही करते हैं—और हमारे पुरखे ब्राह्मण कहलाते थे। मुझे याद है कि प्राथमिक शाला में कापी पर मैं लिखता था—

नाम—हरिशंकर
जाति—ब्राह्मण

आगे चलकर मुझे यह मानना सम्भव नहीं हुआ कि शरीर से स्वतन्त्र कोई आत्मा होती है, जो किसी लोक में बैठी-बैठी देखा करती है कि मेरे परिवार वालों ने किस-किस ब्राह्मण को भोजन कराया; डालडा का उपयोग किया कि शुद्ध घी का और मोतीचूर के लड्डू खिलाए कि नहीं। मेरी अल्प बुद्धि में यही आया कि अगर आत्मा कहीं स्वतन्त्र रूप से रहती भी हो तो वह, जो शुद्ध-बुद्ध रूप में स्थित है, यह देखकर बड़ी कुढ़ती होगी कि कितने नालायक हैं मेरे बेटे, जो इतने निठल्लों को अकारण ही माल खिला रहे हैं। यों सयानों ने मुझे डर दिखाया कि पुरखों की सद् गति नहीं होगी, पर मैंने सोचा कि अपात्रों-कुपात्रों को खिलाने और दान देने के पाप से पुरखों की सद् गति तो नहीं, दुर्गति जरूर हो जायेगी।

तो इतना गेहूँ कई सालों से नहीं आया। आज छोटा भाई जब एक साथ तीन बोरे ले आया, तो मेरी हालत उस मुफ़लिस प्रेमी जैसी हो गयी, जिसके घर एकाएक उसकी ऐश्वर्यशालिनी प्रेमिका आ जाये, जिस पर उसने यह रंग बाँध रखा है कि मैं रईसजादा हूँ। बड़ी झेंप लगी, इन बोरों के सामने। इनका सत्कार

कैसे करें? कैसी अभ्यर्थना करें? गेहूँ की मात्रा की उस महत्ता के सामने हम सब अपने को बहुत हीन समझने लगे। मेरे मन में प्रार्थना उठी—पधारो देव! हम नहीं जानते, कैसे तुम्हारा स्वागत करें! हमने कल्पना नहीं की थी कि आप कभी इस मात्रा में हमारे द्वार आयेंगे। गरीब की कुटी में तीन बोरे आकर आपने मुहल्ले में हमारी इज्जत काफी बढ़ाई है और हम आपको भीतर लाने में इसलिए देर कर रहे हैं कि लोग देख लें कि हमारे घर आप आये हैं। कैसे इस सौभाग्य को बटोरें आपको कहाँ आसन दें? 'कभी हम आपको देखते हैं और कभी घर को देखते हैं।' हमारे पास एक मन से अधिक की कोठी है ही नहीं। किसे पता था कि कभी इस ठाठ से भी आप आयेंगे।

हम सब अभिभूत थे। भाई ने ठेले पर से बोरे उतरवा कर बरामदे में रखवाये और एक हाथ कमर पर रख दूसरे से पसीना पोंछते हुए कुछ इस तरह मेरी ओर देखा मानों कह रहा हो 'तुमने मुझे कभी किसी योग्य नहीं समझा। आज देखो, मेरी सामर्थ्य। तुम कभी इतना गेहूँ लाये?'—ठीक कहता है। मुझसे कभी यह नहीं बना। जो-जो मुझसे नहीं बना, वह सब भाई कर दिखा रहा है।

मैं अपने मन को इस नयी परिस्थिति के अनुकूल नहीं कर पा रहा हूँ। प्रसन्न हूँ पर एक भयानक शिथिलता भी मेरे मन में है। वर्षों से जब-तब थोड़ी-थोड़ी मात्रा में गेहूँ के प्रबन्ध के प्रयत्न और चिन्ता का अभ्यासी मन आगामी कुछ महीनों की निश्‍चिंतता की कल्पना से सहम गया है। अपने प्रयत्नों को अब कौन राह मिलेगी? मैं सुखी भी हूँ और दुःखी भी। निःसन्तान के घर उमर चढ़े पुत्र हो पर प्रसव में स्त्री मर जाए, तो उसे कैसा लगेगा? अपनी सत्ता का एक भाग जो हमेशा गहूँ में उलझा रहता था, एकदम बेकार हो गया और मुझे उस समय लगा कि जिस मात्रा में जी रहा था, उससे कुछ कम मात्रा में जीना पड़ेगा। मन के कितने ही कोठे हैं जिनमें जरूरतें भरी हैं—एक गेहूँ का कोठा है, एक वस्त्रों का, एक मकान का। आज गेहूँ का कोठा खाली हो गया। मन कुछ रीता हो गया।

मेरा एक दोस्त मुझसे कहा करता है—पुराने जमाने में किसी राजा के पास अगर एक महीने की रसद भी होती थी, तो वह दूसरे राज्य पर हमला कर देता था। तुम्हारे पास अगर एक हफ्ते की रसद हो, तो तुम सारी दुनिया पर हमला

बोल देते हो। उसका खयाल है कि मुझे बोरों की चाह नहीं है। लेकिन गलत है। चाह न होती, तो इन तीन बोरों को द्वार पर देखकर कबीर की तरह माथा न ठोंक लेता—

'बूड़ा बंश कबीर का उपजे पूत कमाल!'

संचय के बिना भी जो बेखटके जी सके, ऐसा बिरला होता है। सामान्य आदमी के लिए यह तभी सम्भव है, जब उसके भाग की प्राप्ति निश्चित हो। ऐसी व्यवस्था में जहाँ अपना प्राप्य बिल्कुल अनिश्चित हो, कोई सन्तों की तरह कैसे जिये कि—

चाह गयी चिंता घटी मनुआ बेपरवाह।
जिनको कछू न चाहिए ते शाहनपति शाह॥

जिसे घर भरे बिना सुरक्षितता की अनुभूति होती है और जो निर्भय, निर्द्वन्द्व जीता है, उसका मन कितने कठोर अनुशासन में से गुजरता होगा। कबीर था ऐसा, जो 'आठों पहर मस्तानमाता' रहता था क्योंकि 'काल को निचोरिकै अमृत' पीने की दम थी उसमें। उसके लिए गेहूँ का बोरा छोटी चीज थी।

हमारे लिए नहीं। हमारे उस आदि पुरुष आदम ने गेहूँ के लिए स्वर्ग को लात मार दी थी। उसने गेहूँ खा लिया था तो उसे जन्नत से ही निकाल दिया गया। गेहूँ खाना इतना बड़ा अपराध कैसे हो गया? धर्म की नजर अक्सर ऐसी विसंगत हो जाती है। जो पानी छानकर पीते हैं, वे आदमी का खून बिना छना पी जाते हैं। तब, जब गेहूँ के निर्यात पर प्रतिबन्ध था, एक जून का आटा अंगोछे में बाँधकर चलने वाले किसान को सजा हो जाती थी और उधर हजारों बोरे गेहूँ रातों रात सीमा पार हो जाता था, काले बाजार में बिकने के लिए। न्याय को अन्धा कहा गया है—मैं समझता हूँ, न्याय अन्धा नहीं, काना है, एक ही तरफ देख पाता है। आदम इस न्याय-धर्म का शिकार हुआ। स्वर्ग निवासियों को गेहूँ खाने वाले से इतनी नफरत क्यों हुई? मुझे लगता है—स्वर्ग के वासियों ने सोचा होगा कि आदमी को गेहूँ का चसका लग गया है; अब यह गेहूँ पैदा करेगा, खेत जोतेगा, अनाज बोयेगा, फसल काटेगा—यानी परिश्रम करेगा। वे स्वयं तो बिना खुद पैदा किया खाद्य खाते थे। जिन्हें पसीना सिर्फ गरमी और भय से आता है,

वे श्रम के पसीने से बहुत डरते हैं। स्वर्ग के आलसी, निठल्ले, परोपजीवी निवासी, कर्मी मनुष्य से डरे होंगे और घबड़ाहट में उसे बाहर निकाल दिया होगा।

गेहूँ व्यर्थ बदनाम हुआ। उसका कोई अपराध नहीं। यहाँ तो उसने हमारी मनःस्थिति ही बदल डाली। मैंने बोरे में हाथ डाल कर मुट्ठी भर निकाला और देखकर कहा—'अच्छा है!' कुछ ऐसी श्रद्धा से राय जाहिर की, गोया जिन्दगी भर गेहूँ की दलाली करता रहा हूँ। मेरे एक प्रौढ़ मित्र, जो गेहूँ से लेकर राजनीति तक की दलाली करते हैं, मुझे निहायत बेवकूफ आदमी समझते हैं, क्योंकि मैं दलाली नहीं करता और जो करता हूँ वह बहुत बेमतलब है। वे दलाली को जीवन का चरम लक्ष्य मानते हैं। पर मैं इस मौके पर बिल्कुल दलाल का अभिनय कर उठा। बहुत से गेहूँ में हाथ डालने को मिले, इस लोभ में कोई भी दलाल हो सकता है।

इस गेहूँ में सबसे अच्छा गुण यह है कि यह इसी भूमि का है। आगे तो विदेशी गेहूँ खाना पड़ेगा। गेहूँ के साथ न जाने किन-किन बीमारियों के कीटाणु चले आते हैं। बाहर से आने वाले गेहूँ में एक खास जीवनपद्धति के कीटाणु बड़ी संख्या में आ रहे हैं और इन कीटाणुओं को मारने की ताकत सिर्फ प्रतिफलित संस्कृति में होती है—उस संस्कृति में जो आचरण में प्रतिफलित हो गयी है (किताब में लिखी हुई में नहीं।) जिनकी रोग-निवारण शक्ति कम है, वे बीमार भी पड़ रहे हैं। यों लोग विश्वास दिलाना चाहते हैं कि इस गेहूँ में कोई कीटाणु नहीं है; यह शुद्ध है। पर हमें विश्वास नहीं, हम देख चुके हैं कि मेंचेस्टर से आने वाले कपड़े में कहीं 'यूनियन जैक' छिपा था, जो मौका पाते ही फहराने लगा। बड़ा डर लगता है, बाहर के गेहूँ से।

यह अपना गेहूँ बड़ा सुखदायी है। इसने जादू कर दिया है। कल भाई-बहन में किसी बात पर खटपट हो गयी थी। आज दोनों ने बोरे का एक-एक सिरा पकड़कर जब घसीटा, तो मन मिल गये। बोरा सेतु बन गया। बच्चे अधिक आज्ञाकारी और शिष्ट हो गये हैं। हम अधिक उदार भी हो गये हैं। टूटी संदूक कहारिन कई दिनों से माँग रही है और हम उसे टाल रहे हैं। आज उसे बिना माँगे ही दे दी।

गेहूँ के तीन बोरों ने ऐसा परिवर्तन कर दिया। मनुष्य जीवन पर कितने ही

मनीषियों ने, दार्शनिकों ने सोचा है और लिखा है, पर गेहूँ की बात अकसर भूल गये हैं। कुछ लोग गेहूँ की बात को 'भौतिक' कहकर मुँह चिढ़ाते हैं। अगर भौतिक बुरा है, तो सबसे बड़ी भौतिक क्रिया तो जन्म धारण करना ही है तो भाई, भौतिकता से पिंड छुड़ाने के लिए मरते क्यों नहीं? उपनिषद् का वह ब्रह्मचारी मूर्ख नहीं था, जिसने छूटते ही कहा था कि अन्न ब्रह्म है। लेकिन अब कुछ लोग गेहूँ से गुलाब की ओर इस तरह ले जाते हैं, जैसे गेहूँ जरूरत से ज्यादा हो गया, इसलिए गुलाब की खेती करना चाहिए। जहाँ उजड़े हुए गेहूँ के खेत हों, वहाँ गुलाब की फसल किस काम आयेगी? जिन्दगी के बारे में जो सोचेगा वह भला गेहूँ को छोड़ देगा? सबसे पहले सोचेगा।

निन्दा रस

क—कई महीने बाद आये थे। सुबह चाय पीकर अखबार देख रहा था कि वे तूफान की तरह कमरे में घुसे; 'साइक्लोन' की तरह मुझे अपनी भुजाओं में जकड़ा। मुझे धृतराष्ट्र की भुजाओं में जकड़े भीम के पुतले की याद आ गयी वह धृतराष्ट्र की ही जकड़ थी। अन्धे धृतराष्ट्र ने टटोलते हुए पूछा, "कहाँ है भीम? आ बेटा, तुझे कलेजे से लगा लूँ।" और जब भीम का पुतला उनकी पकड़ में आ गया, तो उन्होंने प्राण-घाती स्नेह से उसे जकड़कर चूर कर डाला।

ऐसे मौके पर हम अकसर अपने पुतले को अंकवार में दे देते हैं; हम अलग खड़े देखते रहते हैं। क—से क्या मैं गले मिला? क्या मुझे उसने समेटकर कलेजे से लगा लिया? हरगिज नहीं। मैंने अपना पुतला ही उसे दिया। पुतला इसलिए उसकी भुजाओं में सौंप दिया कि मुझे मालूम था कि मैं धृतराष्ट्र से मिल रहा हूँ। पिछली रात को एक मित्र ने बताया कि क—अपनी ससुराल आया है और ग—के साथ बैठकर शाम को दो-तीन घंटे तुम्हारी निन्दा करता रहा। इस सूचना के बाद जब आज सवेरे वह मेरे गले लगा तो मैंने शरीर से अपने मन को चुपचाप खिसका दिया और निस्नेह, कँटीली देह उसकी बाँहों में छोड़ दी। भावना के अगर काँटे होते तो उसे मालूम होता कि वह नागफनी को कलेजे से चिपटाए है। छल का धृतराष्ट्र जब आलिंगन करे, तो पुतला ही आगे बढ़ाना चाहिए।

पर वह मेरा दोस्त अभिनय में पूरा है। उसके आँसू भर नहीं आये, बाकी मिलन के हर्षोल्लास के सब चिह्न प्रकट हो गये—वह गहरी आत्मीयता की जकड़, नयनों से छलकता वह असीम स्नेह और वह स्नेह सिक्त वाणी।

बोला, "अभी सुबह गाड़ी से उतरा और एकदम तुमसे मिलने चला आया,

जैसे आत्मा का एक खंड दूसरे खंड से मिलने को आतुर रहता है।" आते ही झूठ बोला कमबख्त—कल का आया है, यह मुझे मेरा मित्र बता गया था। इस झूठ में कोई प्रयोजन शायद उसका न रहा हो। कुछ लोग बड़े निर्दोष मिथ्यावादी होते हैं; वे आदतन, प्रकृति के वशीभूत झूठ बोलते हैं। उनके मुख से निष्प्रयास, निष्प्रयोजन झूठ ही निकलती है। मेरे एक रिश्तेदार ऐसे हैं। वे अगर बम्बई जा रहे हैं और उनसे पूछें, तो वे कहेंगे, कलकत्ता जा रहा हूँ। ठीक बात उनके मुँह से निकल ही नहीं सकती। क—भी बड़ा निर्दोष, सहज-स्वाभाविक मिथ्यावादी है।

वह बैठा। कब आये? कैसे हो? —वगैरह के बाद उसने ग—की निन्दा आरम्भ कर दी। मनुष्य के लिए जो भी कर्म जघन्य हैं, वे सब ग—पर आरोपित करके उसने ऐसे गाढ़े काले तारकोल से उसकी तस्वीर खींची कि मैं यह सोचकर काँप उठा कि ऐसी ही काली तस्वीर मेरी ग—के सामने इसने कल शाम को खींची होगी।

सुबह की बातचीत के इस 'एजेंडा' में ग—प्रमुख विषय था। फिर तो जिस परिचित की बात निकल आती, उसी को चार-छै वाक्यों से धराशायी करके वह बढ़ लेता।

अद्‌भुत है मेरा यह मित्र। उसके पास दोषों का 'केटलॉग' है। मैंने सोचा कि जब यह हर परिचित की निन्दा कर रहा है, तो क्यों न मैं लगे हाथ अपने विरोधियों की 'गत' इसके हाथों करा लूँ। मैं अपने विरोधियों का नाम लेता गया और वह उन्हें निन्दा की तलवार से काटता चला। जैसे लकड़ी चीरने की आरा मशीन के नीचे मजदूर लकड़ी का लट्ठा खिसकाता जाता है और वह चिरता जाता है, वैसे ही मैंने विरोधियों के नाम एक-एक कर खिसकाये और वह उन्हें काटता गया···'फलाँ चापलूस है···अमुक नम्बर एक का व्यभिचारी है···अमुक अपनी औरत को अफसरों के यहाँ भेजकर तरक्की पाता है···' कैसा आनन्द था! दुश्मनों को रण-क्षेत्र में एक के बाद एक कटकर गिरते हुए देखकर योद्धा को ऐसा ही सुख होता।

मेरे मन में गत रात्रि के उस निन्दक मित्र के प्रति मैल नहीं रहा। दोनों एक हो गये। भेद तो रात्रि के अंधकार में ही मिटता है; दिन के उजाले में भेद स्पष्ट हो जाते हैं। निन्दा का ऐसा ही भेद-नाशक अँधेरा होता है। तीन-चार घंटे बाद, जब वह विदा हुआ, तो हम लोगों के मन में ऐसी शान्ति और तुष्टि थी जैसे चर्च

से निकलते हुए धार्मिक ईसाई के मन में होती है।

निन्दा की ऐसी ही महिमा है। दो-चार निन्दकों को एक जगह बैठकर निन्दा में निमग्न देखिए और तुलना कीजिए दो-चार ईश्वर-भक्तों से, जो रामधुन लगा रहे हैं। निन्दकों की सी एकाग्रता, परस्पर आत्मीयता, निमग्नता भक्तों में दुर्लभ है। इसलिए सन्तों ने निन्दकों को 'आँगन कुटी छवाय' पास रखने की सलाह दी है।

कुछ 'मिशनरी' निन्दक मैंने देखे हैं। उनका किसी से वैर नहीं, द्वेष नहीं; वे किसी का बुरा नहीं सोचते। पर चौबीसों घंटे वे निन्दा-कर्म में बहुत पवित्र भाव से लगे रहते हैं। उनकी नितान्त निर्लिप्तता, निष्पक्षता इसी से मालूम होती है कि वे प्रसंग आने पर अपने बाप की पगड़ी भी उसी आनन्द से उछालते हैं, जिस आनन्द से अन्य लोग दुश्मन की। निन्दा इनके लिए 'टॉनिक' होती है। हमारी एक पड़ोसिन वृद्धा बीमार थी। हमसे माँगकर पीती थी—उठा नहीं जाता था। सहसा किसी ने आकर कहा कि पड़ोसी डॉक्टर साहब की लड़की किसी के साथ भाग गयी। बस, चाची एकदम उठीं और काँखते-काँखते दो-चार पड़ोसियों को यह संवाद अपने व्यक्तिगत 'कमेंट' के साथ सुना आयीं। उस दिन से उनकी हालत सुधरने लगी।

ट्रेड यूनियन के इस जमाने में निन्दकों के संघ बन गये हैं। संघ के सदस्य जहाँ-तहाँ से खबरें लाते हैं और अपने संघ के प्रधान को सौंपते हैं। यह कच्चा माल हुआ। अब प्रधान उनका पक्का माल बनायेगा और सब सदस्यों को 'बहुजन हिताय' मुफ्त बाँटने के लिए दे देगा। उत्पादन की इस प्रक्रिया को यों समझा सकते हैं—एक सदस्य ने कहा कि विमला और नरेन्द्र ने चुपचाप शादी कर ली। यह कच्चा काम हुआ। अब पक्का माल जो बनेगा, वह यह होगा—विमला को पाँच-छह माह का गर्भ था, इसलिए जल्दी से घबड़ाकर ब्याह कर लिया। यह फुरसत का काम है, इसलिए जिनके पास कुछ और करने को नहीं होता, वे इसे बड़ी खूबी से करते हैं। एक दिन हमसे एक ऐसे संघ के अध्यक्ष ने कहा, "यार, आजकल लोग तुम्हारे बारे में बहुत बुरा-बुरा कहते हैं।" हमने कहा, "आपके बारे में मुझसे कोई भी बुरा नहीं कहता। लोग जानते हैं कि आपके कानों के घूरे में इस तरह का कचरा मजे में डाला जा सकता है।"

ईर्ष्या-द्वेष से प्रेरित निन्दा भी होती है। लेकिन इसमें वह मजा नहीं जो

मिशनरी भाव से निन्दा करने में आता है। इस प्रकार का निन्दक बड़ा दुःखी होता है। ईर्ष्या-द्वेष में चौबीस घंटे जलता है और निन्दा का जल छिड़ककर कुछ शान्ति अनुभव करता है। ऐसा निन्दक बड़ा दयनीय होता है। अपनी अक्षमता से पीड़ित वह बेचारा दूसरे की सक्षमता के चाँद को देखकर सारी रात श्वान जैसा भौंकता है। ईर्ष्या-द्वेष से प्रेरित निन्दा करने वाले को कोई दंड देने की जरूरत नहीं है। वह निन्दक बेचारा स्वयं दंडित होता है। आप चैन से सोइए और वह जलन के कारण सो नहीं पाता। उसे और क्या दंड चाहिए? निरन्तर अच्छे काम करते जाने से उसका दंड भी सख्त होता जाता है। जैसे एक कवि ने एक अच्छी कविता लिखी, ईर्ष्याग्रस्त निन्दक को कष्ट होगा। अब अगर एक और अच्छी लिख दी, तो उसका कष्ट दुगुना हो जायेगा।

निन्दा का उद्गम ही हीनता और कमजोरी से होता है। मनुष्य अपनी हीनता से दबता है। वह दूसरों की निन्दा करके ऐसा अनुभव करता है कि वे सब निकृष्ट हैं और वह उनसे अच्छा है। उसके अहं की इससे तुष्टि होती है। बड़ी लकीर को कुछ मिटाकर छोटी लकीर बड़ी बनती है। ज्यों-ज्यों कर्म क्षीण होता जाता है, त्यों-त्यों निन्दा की प्रवृत्ति बढ़ती जाती है। कठिन कर्म ही ईर्ष्या-द्वेष और इनसे उत्पन्न निन्दा को मारता है। इन्द्र बड़ा ईर्ष्यालु माना जाता है क्योंकि वह निठल्ला है। स्वर्ग में देवताओं को बिना उगाया अन्न, बे बनाया महल और बिन-बोये फल मिलते हैं। अकर्मण्यता में उन्हें अप्रतिष्ठित होने का भय बना रहता है, इसलिए कर्मी मनुष्यों से उन्हें ईर्ष्या होती है।

निन्दा कुछ लोगों की पूँजी होती है। बड़ा लम्बा-चौड़ा व्यापार फैलाते हैं वे इस पूँजी से। कई लोगों की 'रिसपेक्टेबिलिटी' (प्रतिष्ठा) ही दूसरों की कलंक-कथाओं के परायण पर आधारित होती है। बड़े रस विभोर होकर वे जिस-तिस की सत्य-कल्पित कथा सुनाते हैं और स्वयं को पूर्ण सन्त समझने-समझाने की तुष्टि का अनुभव करते हैं।

आप इनके पास बैठिए और सुन लीजिए, "बड़ा खराब जमाना आ गया। तुमने सुना? फलाँ और अमुक।" अपने चरित्र पर आँख डालकर देखने की इन्हें फुरसत नहीं होती। चेख़व की एक कहानी याद आ रही है। एक स्त्री किसी सहेली के पति की निन्दा अपने पति से कर रही है। वह बड़ा उचक्का, दग़ाबाज आदमी है। बेईमानी से पैसा कमाता है। कहती है कि मैं उस सहेली की जगह

होती तो पति को त्याग देती। तब उसका पति उसके सामने यह रहस्य खोलता है कि वह स्वयं बेईमानी से इतना पैसा कमाता है। सुनकर स्त्री स्तब्ध रह जाती है। क्या उसने पति को त्याग दिया? जी हाँ, वह दूसरे कमरे में चली गयी।

कभी-कभी ऐसा भी होता है कि हममें जो करने की क्षमता नहीं है, वह यदि कोई करता है तो हमारे पिलपिले अहं को धक्का लगता है, हममें हीनता और ग्लानि आती है। तब हम उसकी निन्दा करके उससे अपने को अच्छा समझकर तुष्ट होते हैं।

उस मित्र की मुलाकात के करीब दस-बारह घंटे बाद यह सब मन में आ रहा है। अब कुछ तटस्थ हो गया हूँ। सुबह जब उसके साथ बैठा था तब मैं स्वयं निन्दा के 'काला सागर' में डूबता-उतराता कलोल कर रहा था। बड़ा रस है न निन्दा में। सूरदास ने इसलिए इसे 'निन्दा सबद रसाल' कहा है।

वाक आउट ! स्लीप आउट ! ईट आउट

जरा देर पहले ही आँख लगी थी।

क्या देखता हूँ कि मैं विधान-सभा-भवन में खड़ा हूँ।

बायीं तरफ मुझे एक बड़ा हॉल दीखा और मैं उसमें घुस गया। वहाँ आधे हिस्से में मुलायम सोफे रखे थे और बाकी आधे में तख्त बिछे थे, जिन पर मोटे गद्दे और गोल तकिये पड़े थे। सोफों पर पैर फैलाकर कई आदमी लुढ़के थे। तख्तों पर कई आदमी सो रहे थे।

मैंने एक कर्मचारी से पूछा—क्या यही विधान-सभा है ?

उसने कहा—विधान-सभा तो पूरी इमारत में फैली है।

मैंने कहा—मेरा मतलब है कि क्या विधान-सभा की बैठक यहीं हो रही है ?

उसने कहा—नहीं ! बैठक तो भीतर सभा-भवन में हो रही है। यह तो विश्रामकक्ष है। यहाँ बैठक नहीं, 'लेटक' होती है।

एक तख्त खाली देखकर मुझे आलस्य सताने लगा। मैं उस पर लेटने ही वाला था कि उस कर्मचारी ने मेरा हाथ पकड़ लिया। बोला—ठहरो ! ठहरो, यह क्या कर रहे हो ?

मैंने कहा—सोना चाहता हूँ।

उसने कहा—तुम यहाँ नहीं सो सकते। यहाँ वही सो सकते हैं, जिन्हें यहाँ से तनख्वाह मिलती है। ऐसा नियम है। यह नियम पूरे देश में लागू है कि जिसे जहाँ से तनख्वाह मिलती है, वह वहाँ सो सकता है। ये विधायक लोग भी तभी सो सकते हैं, जब विधान-सभा चल रही हो। रात को ये यहाँ सोना चाहें, तो इन्हें

भी नहीं सोने दिया जायेगा।

वह एक नोट-बुक में विधायकों के नाम और सोने का समय लिखने लगा।

मैंने पूछा—यह क्यों लिख रहे हो ?

उसने कहा—हिसाब रखना पड़ता है कि कौन विधायक कितना सोता है। जैसी भीतर सरकारी दल और विरोधी दलों में बहस होती है, वैसे ही यहाँ सोने में स्पर्धा होती है। जिस दिन विरोधी पक्ष के विधायकों के सोने के घंटे सरकारी पक्ष के सोने के घंटों से बढ़ जायेंगे, उस दिन सरकार को इस्तीफा देना होगा। जैसे ही भीतर खबर पहुँचती है कि विरोधी पक्ष के सदस्य ज्यादा सो रहे हैं, त्यों ही सरकारी दल का सचेतक (व्हिप) कुछ सदस्यों को यहाँ सोने भेज देता है।

मैंने पूछा—क्या कभी ऐसा हुआ है कि विरोधी पक्ष के सोने के घंटे बढ़ गये हों और सरकार ने इस्तीफा दिया हो ?

उसने कहा—नहीं, ऐसा आज तक तो नहीं हुआ, पर प्रयत्न चल रहे हैं। बात यह है कि सरकारी दल बहुत चतुर है। वह कुछ ऐसे सदस्य ले आया है जिन्हें यहाँ पैर रखते ही नींद आने लगती है। वे दस्तख़त करके जो सोते हैं, तो शाम को ही उठते हैं। इन्हीं लोगों के दम पर सरकार टिकी है।

इसी समय कोई सदस्य भागता हुआ आया और कुछ सदस्यों को जगाकर बोला—जल्दी चलो भीतर! 'वाक आउट' करना है।

वे सदस्य आँखें मलते हुए भीतर गये और पाँच मिनट बाद फिर लौट आये।

मैंने उनमें से एक से कहा—आप अभी गये थे और अभी लौट आये।

उसने कहा—विरोधियों की यही मुसीबत है। हमें हर पन्द्रह-बीस मिनट में 'वाक आउट' करना पड़ता है। आँख लगी नहीं कि कोई सदस्य आता है और 'वाक आउट' के लिए भीतर ले जाता है। हम भीतर जाते हैं और नेता के पीछे फिर बाहर आ जाते हैं।

मैंने कहा—मगर मैं देख रहा हूँ कि कुछ सदस्य तो बड़ी देर से सो रहे हैं।

उसने समझाया—उसका काम अलग है। वे 'वाक आउट' नहीं करते, 'स्लीप आउट' करते हैं। इनमें सरकारी और विरोधी, दोनों पक्षों के लोग हैं। इसी तरह तुम देखोगे कि कुछ सदस्य दिन-भर कैन्टीन में बैठे खाया करते हैं। ये 'ईट आउट' करते हैं।

मैंने पूछा—इन तीन तरह के 'आउटों' में प्रभावशाली और उपयोगी 'आउट' कौन-सा है।

सदस्य ने जवाब दिया—'वाक आउट' करना तो साधारण बात है। कोई भी कर लेता है। 'ईट आउट' जरा मुश्किल है, क्योंकि इसमें बार-बार खिलानेवाला ढूँढ़ना पड़ता है। लेकिन सबसे उत्तम 'स्लीप आउट' है। पर 'स्लीप आउट' करने वाले से भी बड़ा वह है जो 'ईट आउट' और 'स्लीप आउट' की संयुक्त कार्यवाही करता है। वह कैन्टीन में खाकर फौरन सो जाता है। बीच में नींद खुलती है, तो फिर खा लेता है और फिर सो जाता है। ऐसा सदस्य जिस दिन चाहेगा, देश का कायापलट कर देगा।

उस सदस्य ने बताया कि इन तख्तों पर इस समय बीस सदस्य सरकार के समर्थन में सो रहे हैं और सात उसके विरोध में सो रहे हैं। उधर कैन्टीन में भी कुछ सदस्य सरकार के समर्थन में खा रहे हैं और कुछ सरकार की धाँधलियों के विरोध में खा रहे हैं।

इतना कहते-कहते उस सदस्य की आँखें झपने लगीं और मेरे देखते-देखते वह 'स्लीप आउट' कर गया।

अब मैं भीतर सभा-भवन में जाता हूँ। वहाँ एक कुत्ते की मौत पर बहस चल रही है।

एक विरोधी सदस्य बड़ी भावुकता से कह रहा था—अध्यक्ष महोदय! यह साधारण बात नहीं है, कुत्ते की मौत का मामला है। कुत्ता! यह वह पशु है जिसने युधिष्ठिर का साथ उन बर्फीली घाटियों में दिया था, जहाँ उनके सगे भाई और पत्नी तक उन्हें छोड़ गये थे। कुत्ता अपने मालिक के प्रति जितनी भक्ति रखता है, उतनी तो हम अपने पार्टी-नेता के प्रति भी नहीं रखते। ऐसा एक कुत्ता सरकारी बस से कुचलकर मर गया है। उस कुत्ते का खून इस सरकार के सिर पर है। यातायात-मन्त्री हत्यारा है! इसे इस्तीफ़ा देना चाहिए। ऐसी सरकार को एक दिन भी पद पर रहने का हक नहीं है।

कुछ और विरोधी पक्ष के सदस्यों ने सरकार से इस मुद्दे पर इस्तीफ़े की माँग की।

एक सरकारी पक्ष के सदस्य ने जवाब में कहा—अध्यक्ष महोदय! वह कुत्ता ग़लत साइड से चल रहा था। मेरे पास इसके सबूत हैं कि कुत्ता सड़क की

दाहिनी तरफ़ से चल रहा था और बस पास आने पर सड़क पार करने लगा था।

एक विरोधी—झूठ है, सरासर झूठ है। कुत्ता बायीं तरफ से चल रहा था।

दूसरा विरोधी—कुत्ता बायीं तरफ से चले, ऐसा नियम सरकार ने कभी नहीं बनाया। इसलिए वह कहीं भी चलने को स्वतन्त्र है। इसलिए उसके लिए सड़क की दोनों बाजू सही हैं। इस दुर्घटना में कुत्ते का कोई कसूर नहीं है।

इसी समय पीछे से एक सदस्य ने उठकर कहा—अध्यक्ष महोदय! मैं आपका ध्यान इस बात की ओर आकर्षित करना चाहता हूँ कि कुछ गाँवों में ओले गिरने से सारी फ़सल चौपट हो गयी है। उन गाँवों के किसान बरबाद हो गये हैं। वे भूखे मर रहे हैं और उनकी नवेशी भी मर रहे हैं। हज़ारों किसान विधान-सभा के फाटक पर अपनी फ़रियाद लेकर हाज़िर हैं। उनके विषय में सदन में विचार होना चाहिए।

बाहर किसान नारे लगा रहे थे, पर अभी कुत्ते की मौत की बहस खूब ज़ोर पर थी।

आखिर मन्त्री ने जवाब दिया—विरोधी सदस्यों के सब आरोप झूठे हैं। हमने उस कुत्ते का पोस्टमार्टम कराया है। बस के पहिये की भी रासायनिक जाँच कराई है। रासायनिक की रिपोर्ट है कि कुत्ता बस से कुचलकर नहीं मरा। पहिये पर जो खून लगा था, उसके सम्बन्ध में, रासायनिक का मत है कि वह कुत्ते का खून नहीं है।

एक सदस्य—तो वह किसका खून है।

मन्त्री—वह आदमी का खून है।

इस पर सदन में थोड़ी देर भुनभुनाहट होती रही। विरोधी पक्ष निराश हो गया था।

मन्त्री ने विजय के गर्व से कहा—तथ्य यही है! वह खून आदमी का था, कुत्ते का नहीं—जैसा कि सदस्यों का आरोप है। इसलिए मेरे इस्तीफ़ा देने का कोई प्रश्न नहीं उठता।

बाहर किसानों के नारे लग रहे थे।

एक सदस्य ने कहा—किसानों की हालत पर सदन में विचार होना चाहिए! वे लगान की माफ़ी माँगते हैं, खाने को अन्न माँगते हैं, मवेशियों के लिए भूसा माँगते हैं, बोने के लिए बीज माँगते हैं। मन्त्री महोदय सदन को बतायें

कि वे इन किसानों के लिए क्या करना चाहते हैं।

मन्त्री ने कहा—हमने जाँच कराई है, जिससे मालूम हुआ है कि वहाँ ओले नहीं गिरे।

कई सदस्य—गिरे हैं!

मन्त्री—अगर गिरे भी हैं तो फ़सल बरबाद नहीं हुई है।

कई सदस्य—हुई है, हुई है!

मन्त्री—अगर फ़सल बरबाद भी हुई है, तो मुझे मालूम है कि वहाँ किसान नहीं रहते।

कई सदस्य—तो फिर फ़सल कैसे हुई?

मन्त्री—अगर किसान भी वहाँ रहते हैं और फ़सल भी वहाँ हुई और ओले भी गिरे, तो नुकसान नहीं हुआ।

इस पर सदन में हो-हल्ला हुआ।

मन्त्री ने जवाब दिया—मैं जानता हूँ, इन किसानों को कम्युनिस्टों ने भड़काया है!

कई सदस्य—पर उनकी समस्या तो हल कीजिए।

मन्त्री—मेरे पास इस समस्या का यही हल है।

सदन में फिर हो-हल्ला हुआ।

अध्यक्ष ने कहा—सदन यह जानना चाहता है कि इन बरबाद किसानों की समस्या को शासन कैसे हल करेगा?

मन्त्री ने वक्तव्य दिया—अध्यक्ष महोदय! ऐसी समस्याओं को हल करने का यही एकमात्र और अचूक तरीका हमारे पास है। जब भी कोई हमारे पास शिकायत लेकर आता है, हम कह देते हैं कि तुम्हें कम्युनिस्टों ने भड़काया है। इससे समस्या हल हो जाती है। अध्यक्ष महोदय, मैंने इस नुस्खे को अपने बच्चे पर आजमाकर देख लिया है। कल उसकी माँ बाहर गयी हुई थी। लड़के को भूख लगी और वह रोने लगा। मैंने उससे कहा—क्यों रोता है? मालूम होता है, तुझे कम्युनिस्टों ने भड़काया है! अध्यक्ष महोदय, इतना सुनते ही लड़का चुप हो गया और उसे दूध पिलाने की जरूरत ही नहीं पड़ी। इसलिए जब मैं कहता हूँ कि तुम्हें कम्युनिस्टों ने भड़काया है तब इन किसानों को समझ लेना चाहिए कि उनकी समस्या हल हो चुकी है।

अब मैं बाहर निकला। उसी समय विरोधी पक्ष से एक सदस्य बाहर निकला। उसकी लम्बी दाढ़ी थी, बड़े बाल ते। वह बगलबंदी और ऊँची धोती पहने थे। पाँवों में खड़ाऊँ औ सिर पर काली टोपी थी।

मैंने पूछा—महाशय, क्या आपको मालूम है कि देश में टेक्सटाइल उद्योग काफ़ी विकास कर गया है?

उसने घूरकर मुझे देखा। बोला—प्रश्न पूछना और विचार करना हमारे यहाँ अनुशासन के विरुद्ध माना जाता है।

मैंने कहा—मैं यही जानना चाहता था कि आप ठीक कपड़े क्यों नहीं पहनते?

उसने कहा—ठीक कपड़े पहनना अंतर्राष्ट्रीय कर्म है। अगली बार तो मैं वल्कल पहनकर आऊँगा?

मैंने पूछा—इस विधान-सभा के बारे में आपका क्या मत है?

उसने जवाब दिया—चुनकर आ गये हैं, तो बैठते हैं। प्रजातन्त्र वाले स्वयं प्रजातान्त्रिक संस्था का उपहास करते हैं, तो मैं क्या करूँ? मैं तो देख रहा हूँ। हमारी संस्कृति में जनता से कभी कुछ पूछने की परम्परा ही नहीं है। प्रजातन्त्र तो विदेशी विचार है। अपने कू जमता ही नहीं। समझे?

मैं समझ गया और डर के मारे मेरी नींद खुल गयी!

ठिठुरता हुआ गणतन्त्र

चार बार मैं गणतन्त्र दिवस का जलसा दिल्ली में देख चुका हूँ। पाँचवीं बार देखने का साहस नहीं। आखिर यह क्या बात है कि हर बार जब मैं गणतन्त्र समारोह देखता, तब मौसम बड़ा क्रूर रहता। 26 जनवरी के पहले ऊपर बर्फ पड़ जाती है। शीत लहर आती है, बादल छा जाते हैं, बूँदाबाँदी होती है और सूर्य छिप जाता है। जैसे दिल्ली की अपनी अर्थनीति नहीं है, वैसे ही अपना मौसम भी नहीं है। अर्थनीति जैसे डालर, पौंड, रुपया अन्तर्राष्ट्रीय मुद्राकोष या भारत सहायता क्लब से तय होती है, वैसे ही दिल्ली का मौसम कश्मीर, सिक्किम, राजस्थान आदि तय करते हैं।

इतना बेवकूप भी नहीं हूँ कि मान लूँ, जिस साल मैं समारोह देखता हूँ, उसी साल ऐसा मौसम रहता है। हर साल देखने वाले बताते हैं कि हर गणतन्त्र दिवस पर मौसम ऐसा ही धूपहीन ठिठुरन वाला होता है।

आखिर बात क्या है? रहस्य क्या है?

जब कांग्रेस टूटी नहीं थी, तब मैंने एक कांग्रेस मन्त्री से पूछा था कि यह क्या बात है कि हर गणतन्त्र दिवस को सूर्य छिपा रहता है? सूर्य की किरणों के तले हम उत्सव क्यों नहीं मना सकते? उन्होंने कहा—'जरा धीरज रखिए। हम कोशिश में लगे हैं कि सूर्य बाहर आ जाये। पर इतने बड़े सूर्य को बाहर निकालना आसान नहीं है। वक्त लगेगा। हमें सत्ता के कम से कम सौ वर्ष तो दीजिए!'

दिये! सूर्य को बाहर निकालने के लिए सौ वर्ष दिये, मगर हर साल उसका कोई छोटा कोना निकलता तो दिखना चाहिए, सूर्य कोई बच्चा तो है नहीं जो अन्तरिक्ष की कोख में अटका है, जिसे आप एक दिन आपरेशन करके निकाल

देंगे।

इधर जब कांग्रेस के दो हिस्से हो गये तब मैंने एक इंडिकेट कांग्रेसी से पूछा। उसने कहा—'हम हर बार सूर्य को बादलों से बाहर निकालने की कोशिश करते थे, पर हर बार सिंडिकेट वाले अड़ंगा डाल देते थे। अब हम वादा करते हैं कि अगले गणतन्त्र दिवस पर सूर्य को निकालकर बतायेंगे।'

एक सिंडिकेटी पास खड़ा सुन रहा था। वह बोल पड़ा—'यह लेडी (प्रधानमंत्री) कम्युनिस्टों के चक्कर में आ गयी है। वही उसे उकसा रहे हैं कि सूर्य को निकालो। उन्हें उम्मीद है, बादलों के पीछे से उनका प्यारा 'लाल सूरज' निकलेगा। हम कहते हैं कि सूर्य को निकालने की क्या ज़रूरत है? क्या बादलों को हटाने से काम नहीं चल सकता?'

मैं संसोपाई भाई से पूछता हूँ। वह कहता है—'सूर्य गैर-कांग्रेसवाद पर अमल कर रहा है। उसने डॉक्टर लोहिया के कहने से हमारा पार्टी फार्म भर दिया था। कांग्रेसी प्रधानमन्त्री को सलामी लेते वह कैसे देख सकता है! किसी गैर-कांग्रेसी को प्रधानमन्त्री बना दो, तो सूर्य क्या, उसके अच्छे भी निकल पड़ेंगे।'

जनसंघी भाई से भी मैंने पूछा। उसने साफ कहा—'सूर्य सेक्यूलर होता तो इस सरकार की परेड में निकल आता। इस सरकार से आशा मत करो कि वह भगवान् अंशुमाली को निकाल सकेगी। हमारे राज्य में ही सूर्य निकलेगा।'

साम्यवादी ने मुझसे साफ कहा—'यह सब सी. आई. ए. का षड्यन्त्र है। सातवें बेड़े से बादल दिल्ली भेजे जाते हैं।'

स्वतन्त्र पार्टी के नेता ने कहा—'रूस का पिछलग्गू बनने का और क्या नतीजा होगा!'

प्रसोपा के भाई ने अनमने ढंग से कहा—'सवाल पेचीदा है। नेशनल कौंसिल की अगली बैठक में इसका फैसला होगा। तब बताऊँगा।'

राजाजी से मैं मिल नहीं सका। मिलता तो वह इसके सिवा क्या कहते कि इस राज में तारे निकलते हैं, यही गनीमत है।

मैं इन्तज़ार करूँगा, जब भी सूर्य निकले।

स्वतन्त्रता-दिवस भी तो भरी बरसात में होता है। अंग्रेज बहुत चालाक हैं। भरी बरसात में स्वतन्त्र करके चले गये। उस कपटी प्रेमी की तरह भागे, जो

प्रेमिका का छाता भी ले जाये। वह बेचारी भीगती बस-स्टैण्ड जाती है, तो उसे प्रेमी की नहीं, छाता-चोर की याद सताती है।

स्वतन्त्रता-दिवस भीगता है और गणतन्त्र-दिवस ठिठुरता है।

मैं ओवरकोट में हाथ डाले परेड देखता हूँ। प्रधानमन्त्री किसी विदेशी मेहमान के साथ खुली गाड़ी में निकलती हैं। रेडियो टिप्पणीकार कहता है—'घोर करतल-ध्वनि हो रही है।' मैं देख रहा हूँ, नहीं हो रही है। हम सब तो कोट में हाथ डाले बैठे हैं। बाहर निकालने का जी नहीं होता। हाथ अकड़ जायेंगे।

लेकिन हम नहीं बजा रहे हैं, फिर भी तालियाँ बज रही हैं। मैदान में जमीन पर बैठे वे लोग बजा रहे हैं, जिनके पास हाथ गरमाने के लिए कोट नहीं है। लगता है, गणतन्त्र ठिठुरते हुए हाथों की तालियों पर टिका है। गणतन्त्र को उन्हीं हाथों की ताली मिलती है, जिनके मालिक के पास हाथ छिपाने के लिए गर्म कपड़ा नहीं है।

पर कुछ लोग कहते हैं—'गरीबी मिटनी चाहिए।' तभी दूसरे कहते हैं, 'ऐसा कहने वाले प्रजातन्त्र के लिए खतरा पैदा कर रहे हैं।'

गणतन्त्र समारोह में हर राज्य की झाँकी निकलती है। ये अपने राज्य का सही प्रतिनिधित्व नहीं करतीं। 'सत्यमेव जयते' हमारा मोटो है मगर झाँकियाँ झूठ बोलती हैं। इनमें विकास-कार्य, जनजीवन, इतिहास आदि रहते हैं। असल में हर राज्य को उस विशिष्ट बात को यहाँ प्रदर्शित करना चाहिए जिसके कारण पिछले साल वह राज्य मशहूर हुआ। गुजरात की झाँकी में इस साल दंगे का दृश्य होना चाहिए, जलता हुआ घर और आग में झोंके जाते बच्चे। पिछले साल मैंने उम्मीद की थी कि आन्ध्र की झाँकी में हरिजन जलाते हुए दिखाये जायेंगे। मगर ऐसा नहीं दिखा। यह कितना बड़ा झूठ है कि कोई राज्य दंगे के कारण अन्तर्राष्ट्रीय ख्याति पाये, लेकिन झाँकी सजाए लघु उद्योगों की। दंगे से अच्छा गृह-उद्योग तो इस देश में दूसरा है नहीं। मेरे मध्यप्रदेश ने दो साल पहले सत्य के नजदीक पहुँचने की कोशिश की थी। झाँकी में अकाल-राहत कार्य बतलाये गये थे। पर सत्य अधूरा रह गया था। मध्यप्रदेश उस साल राहत कार्यों के कारण नहीं, राहत कार्यों में घपले के कारण मशहूर हुआ था। मेरा सुझाव माना जाता तो मैं झाँकी में झूठे मस्टर-रोल भरते दिखाता, चुकारा करनेवाला का अँगूठा हजारों मूर्खों के

आगे लगवाता, नेता, अफसर, ठेकेदार के बीच लेन-देन का दृश्य दिखाता। उस झाँकी में वह बात नहीं आयी। पिछले साल स्कूलों की 'टाट-पट्टी काण्ड' से हमारा राज्य मशहूर हुआ। मैं पिछले साल की झाँकी में यह दृश्य दिखाता—मन्त्री, अफसर वगैरह खड़े हैं और टाट-पट्टी खा रहे हैं।

जो हाल झाँकियों का, वही घोषणाओं का। हर साल घोषणा की जाती है कि समाजवाद आ रहा है। पर अभी तक नहीं आया। कहाँ अटक गया? लगभग सभी दल समाजवाद लाने का वादा करते हैं, लेकिन वह नहीं आ रहा।

मैं एक सपना देखता हूँ। समाजवाद आ गया है और बस्ती के बाहर टीले पर खड़ा है। बस्ती के लोग आरती सजाकर उसका स्वागत करने को तैयार खड़े हैं। पर टीले को घेरकर खड़े हैं कई तरह के समाजवादी। उनमें से हरेक लोगों से कहकर आया है कि समाजवाद को हाथ पकड़कर मैं ही लाऊँगा।

समाजवाद टीले से चिल्लाता है—मुझे बस्ती में ले चलो।

मगर टीले को घेरे समाजवादी कहते हैं—पहले यह तय होगा कि कौन तेरा हाथ पकड़कर ले जायेगा।

समाजवाद की घेराबन्दी कर रखी है। संसोपा-प्रसोपा वाले जनतान्त्रिक समाजवादी हैं, पीपुल्स डेमोक्रेसी और नेशनल डेमोक्रेसी वाले साम्यवादी हैं, दोनों तरह के कांग्रेसी हैं, सोशलिस्ट यूनिटी सेंटर वाले हैं। क्रान्तिकारी समाजवादी हैं। हरेक समाजवाद का हाथ पकड़कर उसे बस्ती में ले जाकर लोगों से कहना चाहता है—'लो, मैं समाजवाद ले आया।'

समाजवाद परेशान है। उधर जनता भी परेशान है। समाजवाद आने को तैयार खड़ा है, मगर समाजवादियों में आपस में धौल-धप्पा हो रहा है। समाजवाद एक तरफ उतरना चाहता है कि उस पर पत्थर पड़ने लगते हैं 'खबरदार, उधर से मत जाना!' एक समाजवादी उसका एक हाथ पकड़ता है, तो दूसरा दूसरा हाथ पकड़कर उसे खींचता है। तब बाकी समाजवादी छीना झपटी करके हाथ छुड़ा देते हैं। लहूलुहान समाजवाद टीले पर खड़ा है।

इस देश में जो जिसके लिए प्रतिबद्ध है, वही उसे नष्ट कर रहा है। लेखकीय स्वतन्त्रता के लिए प्रतिबद्ध लोग ही लेखक की स्वतन्त्रता छीन रहे हैं। सहकारिता के लिए प्रतिबद्ध इस आन्दोलन के लोग ही सहकारिता को नष्ट कर रहे हैं। सहकारिता तो एक स्पिरिट है। सब मिलकर सहकारितापूर्वक खाने लगते

हैं और आन्दोलन को नष्ट कर देते हैं। समाजवाद को समाजवादी ही रोके हुए हैं।

यों प्रधानमन्त्री ने घोषणा कर दी है कि अब समाजवाद आ ही रहा है।

मैं एक कल्पना कर रहा हूँ।

दिल्ली में फरमान जारी हो जायेगा—'समाजवाद सारे देश के दौरे पर निकल रहा है। उसे सब जगह पहुँचाया जाये। उसके स्वागत और सुरक्षा का पूरा बन्दोबस्त किया जाये।'

एक सचिव दूसरे सचिव से कहेगा—'लो, ये एक और वी. आई. पी. आ रहे हैं। अब इनका इन्तज़ाम करो। नाक में दम है।'

कलेक्टरों को हुक्म चला जायेगा। कलेक्टर एस. डी. ओ. को लिखेगा, एस. डी. ओ. तहसीलदार को।

पुलिस दफ्तरों में फरमान पहुँचेंगे, समाजवाद की सुरक्षा की तैयारी करो।

दफ्तरों में बड़े बाबू छोटे बाबू से कहेंगे—'काहे को तिवारी बाबू, एक कोई समाजवाद वाला कागज़ आया था न! ज़रा निकालो!'

तिवारी बाबू कागज़ निकालकर देंगे। बड़े बाबू फिर से कहेंगे—'अरे वह समाजवाद तो परसों ही निकल गया। कोई लेने नहीं गया स्टेशन। तिवारी बाबू, तुम कागज़ दबाकर रख लेते हो। बड़ी खराब आदत है तुम्हारी।'

तमाम अफसर लोग चीफ-सेक्रेटरी से कहेंगे—'सर, समाजवाद बाद में नहीं आ सकता। बात यह है कि हम उसकी सुरक्षा का इन्तज़ाम नहीं कर सकेंगे। दशहरा आ रहा है। दंगे के आसार हैं, पूरा फोर्स दंगे से निपटने में लगा है।'

मुख्य सचिव दिल्ली लिख देगा—'हम समाजवाद की सुरक्षा का इन्तज़ाम करने में असमर्थ हैं उसका आना अभी मुल्तवी किया जाये।'

जिस शासन-व्यवस्था में समाजवाद के आगमन के कागज़ दब जायें और जो उसकी सुरक्षा की व्यवस्था न करे, उसके भरोसे समाजवाद लाना है तो ले आओ। खास ऐतराज़ भी नहीं है। जनता के द्वारा न आकर अगर समाजवाद दफ्तरों के द्वारा आ गया तो एक ऐतिहासिक घटना हो जायेगी।

रामकथा-क्षेपक

एक पुरानी पोथी में मुझे ये दो प्रसंग मिले हैं। भक्तों के हितार्थ दे रहा हूँ। इन्हें पढ़कर राम और हनुमान-भक्तों के हृदय गद्‌गद हो जायेंगे। पोथी का नाम नहीं बताऊँगा क्योंकि चुपचाप पोथी पर रिसर्च करके मुझे पी-एच. डी. लेनी है। पुराने जमाने में लिखे कोई दस पन्ने भी किसी को मिल जायें तो उसे मजे में उनकी व्याख्या से डाक्टरेटों मिल जाती है। इस पोथी में 40 पन्ने हैं—याने चार डाक्टरेटों की सामग्री है। इस पोथी से रामकथा के अध्ययन में एक नया अध्याय जुड़ता है। डॉ. कामिल बुल्के भी इससे फायदा उठा सकते हैं।

(1) प्रथम साम्यवादी

पोथी में लिखा है—

जिस दिन राम रावण को परास्त करके अयोध्या आये, सारा नगर दीपों से जगमगा उठा। यह दीपावली पर्व अनन्त काल तक मनाया जायेगा। पर इसी पर्व पर व्यापारी खाता-बही बदलते हैं और खाता-बही लाल कपड़े में बाँधी जाती है।

प्रश्न है—राम के अयोध्या आगमन से खाता-बही बदलने का क्या सम्बन्ध? और खाता-बही लाल कपड़े में ही क्यों बाँधी जाती है?

बात यह हुई कि जब राम के आने का समाचार आया तो व्यापारी वर्ग में खलबली मच गयी। वे कहने लगे—सेठजी, अब बड़ी आफत है। शत्रुघ्न के राज में तो पोल चल गयी। पर राम मर्यादा-पुरुषोतम हैं। वे सेल्स टैक्स और इनकम टैक्स की चोरी बरदाश्त नहीं करेंगे। वे अपने खाता-बही की जाँच करायेंगे और अपने को सजा होगी।

एक व्यापारी ने कहा—भैया, तब तो अपना नम्बर दो का मामला भी

पकड़ लिया जायेगा।

अयोध्या के नर-नारी तो राम के स्वागत की तैयारी कर रहे थे, मगर व्यापारी वर्ग घबड़ा रहा था।

अयोध्या पहुँचने के पहले ही राम को मालूम हो गया था कि उधर बड़ी पोल है। उन्होंने हनुमान को बुलाकर कहा—सुनो पवनसुत, युद्ध तो हम जीत गये लंका में, पर अयोध्या में हमें रावण से बड़े शत्रु का सामना करना पड़ेगा—वह है, व्यापारी वर्ग का भ्रष्टाचार। बड़े-बड़े वीर व्यापारी के सामने परास्त हो जाते हैं। तुम अतुलित बल-बुद्धि-निधान हो। मैं तुम्हें 'एनफोर्समेंट ब्रांच' का डाइरेक्टर नियुक्त करता हूँ। तुम अयोध्या पहुँचकर व्यापारियों की खाता-बहियों की जाँच करो और झूठे हिसाब पकड़ो। सख्त से सख्त सजा दो।

इधर व्यापारियों में हड़कंप मच गया। कहने लगे—अरे भैया, अब तो मरे। हनुमानजी एनफोर्समेंट ब्रांच के डाइरेक्टर नियुक्त हो गये। बड़े कठोर आदमी हैं। शादी-ब्याह नहीं किया। न बाल, न बच्चे। घूस भी नहीं चलेगी।

व्यापारियों के कानूनी सलाहकार बैठकर विचार करने लगे। उन्होंने तय किया कि खाता-बेही बदल देना चाहिए। सारे राज्य में 'चेम्बर आफ कामर्स' की तरफ से आदेश चला गया कि ऐन दीपोत्सव पर खाता-बही बदल दिये जायें।

फिर भी व्यापारी वर्ग निश्चिन्त नहीं हुआ। हनुमान को धोखा देना आसान बात नहीं थी। वे अलौकिक बुद्धि-सम्पन्न थे। उन्हें खुश कैसे किया जाये? चर्चा चल पड़ी—

—कुछ मुट्ठी गरम करने से काम नहीं चलेगा?

—वे एक पैसा नहीं लेते।

—वे न लें, पर मेम साब?

—उनकी मेम साब ही नहीं है। साहब ने 'मैरिज' नहीं की। जवानी लड़ाई में काट दी।

—कुछ और शौक तो होंगे? दारू और बाकी सब कुछ?

—वे बाल ब्रह्मचारी हैं। कालगर्ल को मारकर भगा देंगे। कोई नशा नहीं करते। संयमी आदमी हैं।

—तो क्या करें?

—तुम्ही बताओ, क्या करें?

किसी सयाने वकील ने सलाह दी—देखो, जो जितना बड़ा होता है वह उतना ही चापलूसी-पसन्द होता है। हनुमान की कोई माया नहीं है। वे सिन्दूर शरीर पर लपेटते हैं और लाल लंगोट पहनते हैं। वे सर्वहारा हैं और सर्वहारा के नेता। उन्हें खुश करना आसान है। व्यापारी खाता-बही लाल कपड़े में बाँधकर रखें।

रातों-रात खाते बदले गये और खाता-बहियों को लाल कपड़े में बाँधा गया।

अयोध्या जगमगा उठी। राम-सीता-लक्ष्मण की आरती उतारी गयी। व्यापारी वर्ग ने भी खुलकर स्वागत किया। वे हनुमान को घेरे हुए उनकी जय भी बोलते रहे।

दूसरे दिन हनुमान कुछ दारोगाओं को लेकर अयोध्या के बाजार में निकल पड़े।

पहले व्यापारी के पास गये। बोले—खाता-बही निकालो। जाँच होगी।

व्यापारी ने लाल बस्ता निकालकर आगे रख दिया। हनुमान ने देखा—लंगोट का और बस्ते का कपड़ा एक है। खुश हुए।

बोले—मेरे लंगोट के कपड़े में खाता-बही बाँधते हो ?

व्यापारी ने कहा—हाँ, बल-बुद्धि-निधान, हम आपके भक्त हैं। आपकी पूजा करते हैं। आपके निशान को अपना निशान मानते हैं।

हनुमान गद्‌गद हो गये।

व्यापारी ने कहा—बस्ता खोलूँ। हिसाब की जाँच कर लीजिए।

हनुमान ने कहा—रहने दो। मेरा भक्त बेईमान नहीं हो सकता।

हनुमान जहाँ भी जाते, लाल लंगोट के कपड़े में बँधे खाता-बही देखते। वे बहुत खुश हुए। उन्होंने किसी हिसाब की जाँच नहीं की।

रामचन्द्र को रिपोर्ट दी कि अयोध्या के व्यापारी बड़े ईमानदार हैं। उनके हिसाब बिल्कुल ठीक हैं।

हनुमान विश्व के प्रथम साम्यवादी थे। वे सर्वहारा के नेता थे। उन्हीं का लाल रंग आज के साम्यवादियों ने लिया है।

पर सर्वहारा के नेता को सावधान रहना चाहिए कि उसके लंगोट से बुर्जुआ अपने खाता-बही न बाँध लें।

(2) प्रथम स्मगलर

लक्ष्मण मेघनाद की शक्ति से घायल पड़े थे। हनुमान उनकी प्राण-रक्षा के लिए हिमाचल प्रदेश से 'संजीवनी' नाम की दवा लेकर लौट रहे थे कि अयोध्या में नाके पर पकड़ लिए गये। पकड़ने वाले नाकेदार को पीटकर हनुमान ने लिटा दिया। राजधानी में हल्ला हो गया कि बड़ा बलशाली 'स्मगलर' आया हुआ है। पूरा फोर्स भी उसका मुकाबला नहीं कर पा रहा है।

आखिर भरत और शत्रुघ्न आये। अपने आराध्य रामचन्द्र के भाइयों को देखकर हनुमान दब गये।

शत्रुघ्न ने कहा—इन स्मगलरों के मारे हमारी नाक में दम है, भैया? आप तो संन्यास लेकर बैठ गये हैं। मुझे भुगतना पड़ता है।

भरत ने हनुमान से कहा—कहाँ से आ रहे हो?

हनुमान—हिमाचल प्रदेश से।

—क्या है तुम्हारे पास? सोने के बिस्किट, गाँजा, अफीम?

—दवा है।

शत्रुघ्न ने कहा—अच्छा, दवाइयों की स्मगलिंग चल रही है। निकालो कहाँ है?

हनुमान ने संजीवनी निकालकर रख दी। कहा—मुझे आपके बड़े भाई रामचन्द्र ने इस दवा को लेने के लिए भेजा था।

शत्रुघ्न ने भरत की तरफ देखा। बोले—बड़ै भैया यह क्या करने लगे हैं। स्मगलिंग में लग गये हैं। पैसे की तंगी थी तो हमसे मँगा लेते। स्मगल के धंधे में क्यों फँसते हैं। बड़ी बदनामी होती है।

भरत ने हनुमान से पूछा—यह दवा कहाँ ले जा रहे थे? कहाँ बेचोगे इसे?

हनुमान ने कहा—लंका ले जा रहा था।

भरत ने कहा—अच्छा, उधर उत्तर भारत से स्मगल किया हुआ माल बिकता है। कौन खरीदते हैं? रावण के लोग?

हनुमान ने कहा—यह दवा तो मैं राम के लिए ही ले जा रहा था। बात यह है कि आपके भाई लक्ष्मण घायल पड़े हैं। वे मरणासन्न हैं। इस दवा के

बिना वे बच नहीं सकते।

भरत और शत्रुघ्न ने एक दूसरे की तरफ देखा। तब तक रजिस्टर में स्मगलिंग का मामला दर्ज हो चुका था।

शत्रुघ्न ने कहा—भरत भैया, आप ज्ञानी हैं। इस मामले में नीति क्या कहती है ? शासन का क्या कर्तव्य है ?

भरत ने कहा—स्मगलिंग यों अनैतिक है। पर स्मगल किये हुए सामान से अपना या अपने भाई-भतीजों का फायदा होता हो, तो यह काम नैतिक हो जाता है। जाओ हनुमान, ले जाओ दवा !

मुंशी से कहा—रजिस्टर का यह पन्ना फाड़ दो।

घुटन के पन्द्रह मिनट

एक सरकारी दफ्तर में हम लोग एक काम से गये थे—संसद सदस्य तिवारी जी और मैं। दफ्तर में फैलते-फैलते यह खबर बड़े साहब के कानों तक पहुँच गयी होगी कि कोई संसद सदस्य अहाते में आये हैं। साहब ने साहबी का हिदायतनामा खोलकर देखा होगा कि अगर संसद सदस्य दफ्तर में आये तो क्या करना? जवाब मिला होगा—उसे चाय पिलाना। फिर देखा होगा, अगर उसके साथ कोई आदमी हो तो उसके साथ क्या करना? जवाब मिला होगा—उसे भी चाय पिला देना। साहब ने हिदायतनामा बन्द करके बड़े बाबू से कहा होगा—तिवारीजी का काम खत्म हो जाये तो उन लोगों को चाय पीने को यहाँ ले आना।

काम खत्म होने पर बड़े बाबू ने कहा—साहब के साथ चाय पी लीजिए। साहबों के साथ औपचारिक चाय पीने के अनुभव मुझे हैं। उन्हें याद करके मैं कुछ घबड़ाया। मगर सोचा, यह अनुभव सुखदायक भी हो सकता है। हम दोनों साहब के कमरे में घुसे। एक निहायत बनावटी मुस्कान फैली साहब के चेहरे पर। यह मुस्कान सरकार खास तौर से अपने कूटनीतिज्ञों और अफसरों के लिए बनवाती है। पब्लिक सेक्टर में दूसरा कारखाना है। प्राइवेट सेक्टर के कारखाने में बनी मुस्कान व्यापारी के चेहरे पर होती है। इसे नकली मूँछ की तरह फौरन पहन लिया जाता है। जब जुल्फिकार अली भुट्टो के साथ मुस्कराते सरदार स्वर्णसिंह की तस्वीर देखता तो चकित रह जाता। भारत-पाक युद्ध, भयंकर दुश्मनी—मगर मुस्कान यह ऊँची क्वालिटी की बनी हुई है।

साहब मुस्करा चुके तो हम तीनों के मन में समस्या पैदा हुई कि अब क्या किया जाये। चाय तो टेबिल पर है नहीं। चपरासी लेने गया होगा।

हमने सोचा, इन्होंने बुलाया है तो निभाने की सारी जम्मेदारी इनकी। वे समझे थे कि निभाने की जिम्मेदारी हम ले लेंगे।

कुछ सेकंड इस दुविधा में कटे। इतने में साहब समझ गये कि उन्हीं को निभाना है।

बोले—सुनाइए तिवारीजी, दिल्ली के क्या हाल हैं?

यह इतना व्यापक सवाल था कि इसका जवाब सिवा इसके क्या हो सकता था कि सब ठीक है। तिवारीजी जानते थे कि दिल्ली पर बम बरस जायें तो भी इन्हें मतलब नहीं।

थका-सा जवाब दे दिया—सब ठीक है।

साहब को जवाब माकूल लगा।

फिर मुझसे पूछा—सुनाइए परसाईजी साहित्य में कैसा चल रहा है?

मैंने भी कहा—सब ठीक चल रहा है।

बात खत्म हो चुकी। सरकारी अफसर हैं—राजनीति की बात कर नहीं सकते। साहित्य से कोई सरोकार नहीं।

हम तीनों की नजर दरवाजे पर है। हम तीनों चपरासी की राह देख रहे हैं।

मगर चपरासी हम तीनों का दुश्मन है। वह आ नहीं रहा। पता नहीं कितनी दूर चाय लेने गया है।

साहब अपनी कुर्सी पर हैं। जब उन्हें लगता है वे बड़े आदमी हैं, वे सीधे तनकर बैठ जाते हैं। मगर जब तिवारीजी अपनी छड़ी की मूठ पर हाथ रखते हैं, तो साहब को एहसास होता है कि सामने संसद सदस्य बैठा है। वे टेबिल पर झुक जाते हैं। मैं यह कवायद बड़ी दिलचस्पी से देख रहा हूँ। साहब तने, इसी वक्त तिवारीजी ने छड़ी की मूठ पर हाथ फेरा, साहब ढीले हुए। साहब का ध्यान छड़ी पर है। वे अब छड़ी को ही संसद सदस्य समझने लगे हैं।

मैंने अब पेपरवेट उठा लिया है और उससे जी बहला रहा हूँ। तिवारी जी ने छड़ी की मूठ पर लगातार हाथ फेरना शुरू कर दिया है कि साहब को तनने का मौका ही नहीं मिल रहा है। साहब ने एक पिन उठा ली है और उससे नाखून के मैल को साफ करने लगे हैं। मेरी बड़ी इच्छा हो रही है कि पिन से दाँत खोदूँ। इससे दूसरा काम नहीं होता। मैं पेपरवेट रख देता हूँ और एक पिन उठा लेता हूँ। पिन से मैं दाँतों का मैल साफ करने लगता हूँ।

हम तीनों दरवाजे की तरफ देखते हैं। फिर एक-दूसरे की तरफ बड़े दीन नयनों से देखते हैं। हम तीनों को चपरासी मार रहा है और हम कुछ नहीं कर सकते। अत्यन्त दीन भाव से साहब तिवारीजी से पूछते हैं—और सुनाइए तिवारीजी, दिल्ली के क्या हाल हैं?

तिवारीजी कहते हैं—सब ठीक ही है।

मुझसे पूछते हैं—और सुनाइए परसाईजी, साहित्य में कैसा चल रहा है?

मैं कहता हूँ—ठीक ही चल रहा है।

कहीं कुछ नहीं जुड़ रहा। वे और हम दो पहाड़ियों पर इतनी दूर हैं कि कोई पुल हमें जोड़ नहीं सकता। हम तीनों कगार पर खड़े हैं। नीचे गहरी खाई है। मगर एक-दूसरे की आवाज भी नहीं सुनाई देती।

साहब को घंटी की याद आती है। घंटी हर साहब की नसों के तनाव को दर करने के लिए होती है। उन्होंने घंटी बजाई और एक चपरासी हाजिर हो गा।

साहब ने कहा—चाय अभी तक नहीं आयी।

चपरासी ने कहा—गया है साब लेने। इधर के होटल में दूध खलास हो गया।

मारा होटल वाले ने। दूध खलास किये बैठा है, पता नहीं चपरासी कितनी दूर जाता है।

अब क्या करें?

साहब ने अब पेंसिल उठा ली है। वे उसे गाल पर रगड़ते हैं। मेरे दाँत सब साफ हो चुके हैं। पिन उठा नहीं सकता। मैं टेबिल पर तबला बजाने लगता हूँ।

साहब बहुत संकट में हैं। वे यह जानते कि पास के होटल का दूध खत्म हो गया है तो चाय पीने को बुलाते ही नहीं। हम भी घोर संकट में हैं। इन्होंने पहले चाय बुलाकर फिर हमें क्यों नहीं बुलाया?

साहब पेंसिल गाल पर काफी रगड़ चुके। दरवाजे की तरफ देखते हैं।

फिर वही—और सुनाइए तिवारीजी, दिल्ली के क्या हाल हैं?

इस बार तिवारीजी ने तय किया कि कुछ करना ही पड़ेगा। दिल्ली के हालात पर बात चले, तो कुछ हल्कापन महसूस हो।

वे बोले—कांग्रेस के दो हिस्से हो गये। सिंडिकेट निकल गयी बाहर।

मेरा खयाल था अब बात चलेगी।

पर साहब बोले—अच्छा जी।

मैं खुद तिवारीजी से दो घंटे दिल्ली की राजनीति पर बात कर चुका था। मेरे पास बढ़ाने को कुछ था नहीं।

तिवारीजी एक कोशिश फिर करते हैं—इंदिरा सरकार बिल्कुल पुख्ता है।

साहब ने कहा—अच्छा जी।

तिवारीजी निराश होकर छड़ी की मूठ पर हाथ फेरने लगे।

मैंने टेबिल पर तबला शुरू कर दिया।

कोई उपाय कारगर नहीं हो रहा।

साहब ने फिर कहा—और सुनाइए तिवारीजी, दिल्ली के क्या हाल हैं?

इस बार तिवारीजी कुछ नहीं बोलते। वे लगातार छड़ी की मूठ पर हाथ फेर रहे हैं।

हम तीनों की हालत खराब है। मेरा तबला बजाने का जी भी नहीं हो रहा।

इसी वक्त चपरासी ट्रे लेकर आ गया। हम सब मुर्दे जैसे जाग पड़े। साहब के चेहरे पर पहले ऐसा भाव आता है कि उसे चांटा मार दें। फिर दूसरा भाव आता है जैसे उसके चरण छू लें। मैं खुद गुस्से से भरा बैठा था। मगर उसके आते ही मेरा मन उसके प्रति कृतज्ञता से भर गया।

हमने बहुत फुर्ती से चाय सुड़की। उठे। बोले—अच्छा अब इजाजत दीजिए।

उन्होंने फौरन इजाजत दी। बोले—अच्छा जी। थैंक यू वेरी मच।

हमें उन्हें धन्यवाद देने का भी होश-हवास नहीं था।

बाहर आकर हम दोनों ने पहले खूब जोर से चार-छः साँसें लीं, फिर गाड़ी में बैठे। रास्ते-भर हम एक-दूसरे से नहीं बोले।

उतरते वक्त अलबत्ता मैंने कहा—और सुनाइए तिवारीजी, दिल्ली के क्या हाल हैं?

तिवारी भुन्नाकर बोले—यार, अब भूलने भी नहीं दोगे।

हम बिहार में चुनाव लड़ रहे हैं

पाठको, मैं वह हरिशंकर नहीं हूँ, जो व्यंग्य वगैरह लिखा करता था। मेरे नाम, काम, धाम, सब बदल गये हैं। मैं राजनीति में 'शिफ्ट' हो गया हूँ। बिहार में घूम रहा हूँ और मध्यावधि चुनाव लड़ने की तैयारी कर रहा हूँ।

अब मेरा नाम है—बाबू हरिशंकर नारायण प्रसाद सिंह।

याद रखियेगा न ? नहि ना भूलिएगा ?

हँसियेगा नहीं। हम नया आदमी है न। अभी, सुद्ध भासा सीख रहे हैं। जैसा बनता है न, वैसा कोहते हैं।

मैं बिहार की जनता की पुकार पर ही बिहार आया हूँ। जनता की पुकार राजनीतिज्ञों को कैसे सुनाई पड़ जाती है, यह एक रहस्य है धंधे का, नहीं बताऊँगा।

जनता की पुकार कभी-कभी, मेमने की पुकार जैसी होती है। वह पुकारता है माँ को और आ जाता है भेड़िया। मेमना चुप रहे तो भी कभी भेड़िया पहुँचकर कहता है—तूने मुझे पुकारा था। मेमना कहता है—मैंने तो मुँह ही नहीं खोला। भेड़िया कहता है—तो मैंने तेरे हृदय की पुकार सुनी होगी।

बिहार की जनता कह सकती है—हमने तुम्हें नहीं पुकारा। हमें तुम्हारे द्वारा अपना उद्धार नहीं करवाना। तुम क्यों हमारा भला करने पर उतारू हो ?

मैं कहूँगा—मैंने दूर मध्य प्रदेश में तुम्हारे हृदय की पुकार सुन ली थी। वहाँ मध्यावधि चुनाव नहीं हो रहे हैं, इसलिए वहाँ की जनता की सेवा मैं नहीं कर सकता। और बिना सेवा किये जीवित नहीं रह सकता। तुम राजी नहीं होओगे, तो बलात सेवा कर लूँगा। सेवा का बलात्कार ! समझे ?

अकेला मैं नहीं, भगवान् श्रीकृष्ण भी बिहार की जनता का उद्धार करने आ

पहुँचे हैं। बिहार की बाढ़, सूखा और महामारी से पीड़ित जनता! अकाल से पीड़ित जनता!

एक दिन मेरी कृष्ण भगवान् से भेंट हो गयी। मैंने पहचान लिया—वही मोर-मुकुट, पीताम्बर और मुरली!

मैंने कहा, "भगवान् कृष्ण हैं न।"

वे बोले, "हाँ, वही हूँ, पर मेरा नाम अब भगवान्, बाबू कृष्णनारायण प्रसाद सिंह हो गया है। कृष्ण बाबू भी कह सकते हैं।"

मैंने कहा, "भगवान्, क्या गोरक्षा-आंदोलन का नेतृत्व करने पधारे हैं? चुनाव आ रहा है, तो गोरक्षा होगी ही। आप तो गोरक्षा-आंदोलन के जरिए पालिटिक्स में घुस जायेंगे।"

कृष्ण ने कहा, "नहीं, उस हेतु नहीं आया। गोरक्षा-आंदोलन आम चुनाव के काम का है। मध्यावधि छोटे चुनाव में तो 'मूषक-रक्षा-आंदोलन' से भी काम चल जायेगा। मूषक-रक्षा में गणेश जी की रुचि हो सकती है, अपनी नहीं।"

मैंने कहा, "तो फिर आपको रामसेवक यादव ने बुलाया होगा—यादवों के वोट संसोपा को दिलवाने के लिए।"

कृष्ण खीज पड़े। बोले, "मुझे भी तो बताने दो। मैं बिहार की जनता की पुकार पर आया हूँ।"

मैंने कहा, "आपको भ्रम हो गया, भगवन्! वे तो कृष्णवल्लभ सहाय के समर्थक थे, जो उन्हें टिकट देने के लिए ऐसी जोर की आवाज लगा रहे थे कि दिल्ली में कांग्रेस हाईकमान को सुनाई पड़ जाय। वे कृष्णवल्लभ बाबू का नाम ले रहे थे, आप समझे जनता आपको पुकार रही है।"

कृष्ण ने कहा, "नहीं, मैंने खुद सुना, जनता कह रही थी—हे भगवान् अब तो तेरा ही सहारा है! तू ही उद्धार कर सकता है! इसी आर्त्तपुकार को सुनकर मैं आ गया।"

ऐसा हो सकता है। बात यह है कि चौथे चुनाव के बाद सिर्फ भगवान् की सत्ता ही स्थिर है। बिहार के मुसीबतजदा लोग पटना में एक सरकार से अपील करते, तब तक दूसरी सरकार आ जाती। हो सकता है, उन्होंने ईश्वर की एक मात्र स्थिर सरकार से गुहार की हो।

मैंने कहा, "ठीक किया जो आप आ गये। अब इरादा क्या करने का है?"

उन्होंने कहा, "मेरा तो घोषित कार्यक्रम है, त्रिसूत्री—साधुओं का परित्राण, दुष्कर्मियों का नाश और धर्म की संस्थापना।"

मैंने पूछा, "कोई आर्थिक कार्यक्रम वगैरह ?"

वे बोले, "नहीं, बस वही त्रिसूत्री कार्यक्रम है।"

मैंने पूछा, "यहाँ के राजनीतिज्ञों में कोई साधु मिले ?"

"एक भी नहीं।"

"और असाधु ?'

"एक भी नहीं। हर एक अपने को साधु और दूसरों को असाधु कहता है। किसका नाश कर दूँ, समझ में नहीं आता ?'

इसी वक्त मुझे खयाल आया कि इनके हाथ में सुदर्शन चक्र तो है नहीं, नाश कैसे करेंगे। मैंने पूछा, तो कृष्ण ने बताया, "चक्र घर में रखा है, क्योंकि उसका लाइसेंस नहीं है। फिर इधर अभी से धारा 144 लगी हुई है।"

मैंने उन्हें समझाया, "भगवान् अगर सुदर्शन चक्र का लाइसेंस मिल जाये, तो भी किसी को मारने पर दफा 302 में फँस जायेंगे।"

कृष्ण पशोपेश में थे। कहने लगे, "फिर धर्म की संस्थापना कैसे होगी ?"

मैंने कहा, "धर्म की संस्थापना तो साम्प्रदायिक दंगों से हो रही है। आप एक हड्डी का टुकड़ा उठाकर मंदिर में डाल दीजिए और हिन्दू धर्म के नाम पर दंगा करवा दीजिए। धर्म का उपयोग तो अब दंगा करने के लिए ही रह गया है। आप के विचार काफी पुराने पड़ गये हैं। हम लोग तो दुष्कर्मियों का परित्राण करने के लिए ही यह व्यवस्था चला रहे हैं। सबसे असुरक्षित तो साधु ही हैं।"

भगवान् कृष्ण को मैंने समझाया, "आप संसदीय लोकतंत्र में घुसे बिना जन का उद्धार नहीं कर सकते। आप चुनाव लड़िए और इस राज्य के मुख्यमन्त्री बन जाइए। रुक्मिणी जी को बुला लीजिए। जिस टूर्नामेंट का आप उद्घाटन करेंगे, उसमें वे पुरस्कार-वितरण करेंगी। घर के ही एक जोड़ी 'कर कमलों' में दोनों काम हो जायेंगे।"

बड़ी मुश्किल से उनके सामंती संस्कारों के गले में लोकतंत्र उतरा। इससे ज्यादा आसानी से तो दरभंगा-नरेश बाबू कामाख्यानारायण सिंह लोकतंत्री हो गये थे।

कृष्ण को चुनाव के मैदान में उतारने में मेरा स्वार्थ था। राजनीति में

नया-नया आया हूँ। पहले किसी बड़ी हस्ती का 'चमचा' बनना जरूरी है। 'दादा' को 'चमचा' चाहिए और चमचे को दादा। दादा मुख्यमन्त्री, तो चमचा गृहमन्त्री। मैंने सोचा, लोग शंकराचार्य को अपनी तरफ ले रहे हैं, मैं साक्षात् भगवान् कृष्ण के साथ हो जाऊँ।

हम लोगों ने तय किया कि पहले अपने पक्ष में जनमत बनायें और फिर राजनीतिक पार्टियों से तालमेल बिठाएँ। हम लोगों से मिलने निकल पड़े। मैं तो चमचा था। भगवान् का परिचय देकर चुप हो जाता। जिन्होंने बहस कर-करके अर्जुन को अनचाहे लड़वा दिया था, वे तर्क से लोगों को ठीक कर देंगे—ऐसा मुझे विश्वास था। पर धीरे-धीरे मेरी चिन्ता बढ़ने लगी। कृष्ण की बात जम नहीं रही थी।

कुछ राजनीति करने वालों से बातें हुईं। कृष्ण ने बताया कि चुनाव लड़ रहा हूँ।

वे बोले, "हाँ, हाँ आप क्यों न लड़िएगा। आप भगवान् हैं। आपका नाम है। आपका भजन होता है। आपका आरती होता है। आपका कथा होता है। आपका फोटू बिकता है। आप नहीं लड़िएगा, तो कौन लड़ेगा, आप तो यादव हैं न?"

कृष्ण ने कहा, "मैं ईश्वर हूँ। मेरी कोई जाति नहीं है।"

उन्होंने कहा, "देखिए न, इधर भगवान् होने से तो काम नहीं न चलेगा। आपको कोई वोट नहीं देगा। जात नहीं रखिएगा, तो कैसे जीतिएगा?"

जाति के इस चक्कर से हम परेशान हो उठे भूमिहार, कायस्थ, क्षत्रिय, यादव होने के बाद ही कोई कांग्रेसी, समाजवादी या साम्यवादी हो सकता है। कृष्ण को पहले यादव होना पड़ेगा, फिर चाहे वे मार्क्सवादी हो जायें।

कृष्ण इस जातिवाद से तंग आ गये। कहने लगे, "ये सब पिछड़े लोग हैं। चलो विश्वविद्यालय चलें। हमें प्रबुद्ध लोगों का समर्थन लेकर इस जातिवाद की जड़ें काट देनी चाहिए।"

विश्वविद्यालय में राजनीति के प्रोफेसर से हम बातें कर रहे थे। उन्होंने साफ कह दिया, "मैं कायस्थ होने के नाते, कायस्थों का ही समर्थन करूँगा।"

कृष्ण ने कहा, "आप विद्वान् होकर भी इतने संकीर्ण हैं?"

प्रोफेसर ने समझाया, "देखिए न, विद्या से मनुष्य अपने सच्चे रूप को

पहचानता है। हमने विद्या प्राप्त की, तो हम पहचान गये कि हम कायस्थ हैं।"

कृष्ण घबड़ाकर एक पेड़ की छाँह में लेट गये। कहने लगे, "सोचते हैं लौट जायें। जहाँ भगवान् को भगवान् होने के कारण एक भी वोट न मिले, वहाँ अपने से राजनीति नहीं बनेगी।"

उधर कृष्ण के राजनीति में उतरने की बात खूब फैल गयी थी और राजनीतिक दल सतर्क हो गये थे। जनसंघ का खयाल था कि गोपाल होने के कारण बहुत करके कृष्ण अपना साथ देंगे, पर अगर विरोध हुआ तो, उसकी तैयारी कर लेनी चाहिए उन्होंने कथावाचकों को बैठा दिया था कि पोथियाँ देखकर कृष्ण की पोलें खोजो। गड़बड़ करेंगे, तो चरित्र-हनन कर देंगे।

चरित्र-हनन शुरू हो गया था। कानाफूसी चलने लगी थी। कृष्ण शीतल छाँह में सो गये थे। मैं बैठा था। तभी एक आदमी आया। मेरे कान में बोला—

"यह भगवान्, श्रीकृष्ण हैं न?"

मैंने कहा, "हाँ। देखो क्या रूप है!"

उसने कहा, "एक बात बताऊँ। किसी से कहिएगा नहीं। इनकी 'डब्ल्यू' का मामला बड़ा गड़बड़ है। भगाई हुई हैं। रुक्मिणी नाम है। बड़ा दंगा हुआ था, जब उन्होंने रुक्मिणी को भगाया था। सबूत मिल गये हैं। पोथी में सब लिखा हुआ है। जो किसी की लड़की को भगा लाया, वह अगर शासन में आ गया, तो हमारी बहू-बेटियों की इज्जत का क्या होगा?"

कृष्ण उठे, तो मैंने कहा, "प्रभू, आपका, 'करेक्टर एसेसिनेशन' शुरू हो गया। अब या तो आप चुनाव में हिम्मत से कूदिए, या मुझे छोड़िए। मैं कहीं अपना तालमेल बिठा लूँगा। आपके साथ रहने से मेरा भी राजनीतिक भविष्य खतरे में पड़ जायेगा।"

कृष्ण का दिमाग सो लेने से खुल गया था। वे बड़े विश्वास से बोले, "एक बात अभी सूझी है। यहाँ मेरे कई हजार पक्के समर्थक हैं, जिन्हें मैं भूल ही गया था। मेरे हजारों मन्दिर हैं। उनके पुजारी तो मेरे पक्के समर्थक हैं ही। मैं उन हजारों पुजारियों के दम पर सारी सीटें जीत सकता हूँ। चलो, पुजारियों से बात कर लें।"

हम एक मन्दिर में पहुँचे। पुजारी ने कृष्ण को देखा, तो खुशी से पागल हो गया। नाचने लगा, बोला, "धन्यभाग! जीवन भर की पूजा हो गयी। भगवान् को

साक्षात् देख रहा हूँ !"

कृष्ण ने पुजारी को बताया कि वे चुनाव लड़ने वाले हैं। वोट दिलाने की जिम्मेदारी पुजारी की होगी।

पुजारी ने कहा, "आप प्रभु हैं, वोट की आपको कौनो कमी है !"

कृष्ण ने कहा, "फिर भी पक्की तो करनी पड़ेगी, तुम तो वोट मुझे ही दोगे न?"

पुजारी ने हाथ मलते हुए कहा, "आप मेरे आराध्य हैं, प्रभु हैं, पर वोट का ऐसा है कि वह तो जात वाले को ही जायेगा। जात से कोई खड़ा न होता, तो हम जरूर आपको ही वोट देते।"

कृष्ण की इतनी दीन हालत तब भी नहीं हुई होगी, जब शिकारी का तीर उन्हें लगा था। कहने लगे, "अब सिवा भूदान-आन्दोलन में शामिल होने के कोई रास्ता नहीं है। जिसका अपना पुजारी धोखा दे जाय, ऐसे पिटे हुए राजनीतिज्ञ के लिए या तो भारत सेवक समाज है, या सर्वोदय। चलो बाबा के पास।"

मैंने कहा, "अभी वह स्टेज नहीं आयी। अभी तो हम एक भी चुनाव नहीं हारे। पाँच-पाँच बार चुनाव हारकर भी लोग सर्वोदय में नहीं गये। चलिए, राजनीतिक दलों से बातचीत करें।"

पहले हम कांग्रेस दफ्तर गये। वहाँ बताया गया कि यहाँ कांग्रेस है ही नहीं। मंत्री ने कहा, "इधर तो कृष्णवल्लभ बाबू हैं, महेश बाबू हैं, रामखिलावन बाबू हैं, मिसरा बाबू हैं, कांग्रेस तो कोई नहीं है। और फिर कांग्रेस से मिलकर क्या करिएगा। जो गुट सरकार में चला जाता है, वह कांग्रेस रह जाता है। जो सत्ता में नहीं रहता, वह कांग्रेस भी नहीं रहता। कांग्रेस कौन है, यह तो चुनाव के बाद ही मालूम होगा। कांग्रेस अब सरकार नहीं बनाती, सरकार गिराती है। आप चुनाव लड़िए। अगर आपके साथ चार-पाँच विधायक भी हों, तो हमारे पास आइए। आपकी ही 'मेजारिटी' बनाकर आपकी सरकार बनवा देंगे। हमने मंडल की सरकार बनवाई थी न।"

हम संसोपा के पास गये। उन लोगों ने पहले परीक्षा ली। जब हमने कहा कि जवाहरलाल जो गुलाब का फूल शेरवानी में लगाते थे, वह कागज का होता था, तो वे लोग बहुत खुश हुए। कहने लगे, "बड़े क्रांतिकारी विचार हैं आपके। देखो, यह नेहरू देश को कितना बड़ा धोखा देता रहा।"

मैंने कहा, "हम लोग समाजवादी होना चाहते हैं।"

वे बोले, "समाजवादी होना उतना जरूरी नहीं है, जितना गैर कांग्रेसी होना। डाकू भी अगर कांग्रेस-विरोधी हैं, तो बड़े-से-बड़े समाजवादी से श्रेष्ठ हैं।"

कृष्ण ने कहा, "लेकिन कोई आइडियॉलॉजी तो होगी ही।"

संसोपाई बोले, "गैर-कांग्रेसवाद एक आइडियॉलॉजी तो है ही। इस आइडियॉलॉजी के कारण सबसे तालमेल बैठ जाता है, गोरक्षा में जनसंघ के साथ, पूंजी की रक्षा में स्वतंत्र पार्टी के साथ, जनतांत्रिक समाजवाद में प्रसोपा के साथ, जनक्रांति में कम्युनिस्टों के साथ।"

मैंने पूछा, "डॉक्टर लोहिया ने कहा था कि जनता का विश्वास प्राप्त करने के लिए गैर-कांग्रेसी सरकारें छः महीने के भीतर कोई चमत्कारी काम करके बताएँ। ऐसा हुआ था क्या?"

उन्होंने कहा, "हाँ, एक नहीं, कितने ही चमत्कारी काम हो गये। हमारे मंडल बाबू ने ही कितना बड़ा चमत्कारी काम किया।"

हम दोनों साम्यवादी दलों के पास गये। दक्षिणपंथी साम्यवादी दल ने कहा, "तो कॉमरेड कृष्ण, आपका हिस्ट्री हमने पढ़ा है। आप में वामपंथी दुस्साहसिकता और वामपंथी भटकाव दोनों हैं। आपने इस तरह के काम किये थे। आप मार्क्सवादियों के पास जाइए।"

मार्क्सवादियों ने कह दिया, "तुम तो संशोधनवादी हो तुम्हारा सारा वर्गचरित्र प्रतिक्रियावादी है।"

जनसंघ ने खुले दिल से स्वागत किया। कहा, "आप तो द्वापर से हमारी पार्टी के सदस्य थे। आइए, आपका 'बौद्धिक' हो जाय।"

उन्होंने एक कागज की पर्ची पर लिखा—हिन्दू राष्ट्र, गोरक्षा, भारतीय संस्कृति। पर्ची को एक छपे हुए कागज में रखा। फिर अलमारी से ताला-चाबी निकाले।

वे एक औजार से कृष्ण का सिर खोलने लगे। कृष्ण चौंककर हट गये। बोले, "यह क्या कर रहे हो?"

उन्होंने समझाया, "आपका बौद्धिक संस्कार कर रहे हैं। सिर खोलकर ये विचार आपके दिमाग में रखकर ताला लगा देंगे और चाबी नागपुर गुरुजी के पास भेज देंगे। न वहाँ से चाबी आयेगी, न आपका दिमाग खुलेगा, न परकीय

और अराष्ट्रीय विचार आपके दिमाग में घुसेंगे।"

कृष्ण आतंकित हो गये। वे एक झटके से उठे और बाहर भागे। पीछे से वह आदमी चिल्लाया, "रुकिए, रुकिए हमारे स्वयंसेवकों को एक-एक सुदर्शन चक्र तो देते जाइए।"

हम भागे, तो सीधे शोषित दल वालों के पास पहुँचे। उन्होंने कहा, "अभी से आप शोषित कैसे हो सकते हैं? शोषित तब होता है, जब विधायक हो जाय, पर मंत्री न हो। आप मंत्री नहीं बन सके, तभी तो शोषित होंगे। तब हमारे साथ हो जाइए।"

क्रांतिदल के महामाया बाबू से मिलने का भी इरादा था, पर सुना कि जब से उन्होंने कामाख्या बाबू के खिलाफ दायर 218 मुकदमे उठाए, तब से उनकी खदान में ही गुप्त-वास कर रहे हैं।

खदान के बाहर ही राजा कामाख्या नारायण सिंह मिल गये। उन्होंने कहा, "मेरे साथ होने से आप लोगों को राजनीति की दुनिया की पूरी सैर करनी पड़ेगी। आप थक जायेंगे। हर आदमी में मेरे जैसी फुर्ती नहीं है। देखिए न, मैंने जनता पार्टी बनाई। फिर मैं स्वतंत्र पार्टी में चला गया। फिर कांग्रेस में लौट आया। फिर मैं भारतीय क्रांतिदल में चला गया। फिर भारतीय क्रांतिदल से निकलकर जनता पार्टी बना ली। मेरे लिए राजनीतिक दल अंडरवीयर है; ज्यादा दिन एक ही को नहीं पहनता, क्योंकि बदबू आने लगती है। अपने पास कुल सत्रह विधायक होते हैं, पर कोई भी सरकार मेरे बिना चल नहीं सकती। आप लोग तो अपनी अलग पार्टी बनाइए, अपने कुछ लोगों को विधान सभा में ले आइए और फिर सिंहासन पर बैठकर कांग्रेसवाद, संघवाद, क्रांतिवाद, समाजवाद, साम्यवाद सबसे चरण दबवाइए। सिद्धान्त पर अड़ेंगे, तो मिटेंगे। सबसे बड़ा सिद्धान्त सौदा है।"

हमें भी बोध हुआ कि किसी दल से अपनी पटरी पूरी तरह बैठेगी नहीं। अपना अलग दल होना चाहिए। अगर अपने चार-पाँच विधायक भी रहे, तो जोड़-तोड़ उठा-पटक और उखाड़-पछाड़ के द्वारा प्रदेश की सरकार हमेशा अपने कब्जे में रहेगी।

हमने एक नयी पार्टी बना ली है, अभी यह पार्टी सिर्फ बिहार में कार्य करेगी। यदि मध्यावधि चुनाव में इसे जनता का समर्थन अच्छा मिला, तो

अखिल भारतीय पार्टी बना देंगे।

इस पार्टी का संक्षिप्त मेनिफेस्टो यहाँ दे रहे हैं :

भारतीय राजनीति में व्याप्त अवसरवाद, मूल्यहीनता और अस्थिरता को देखकर हर सच्चे जनसेवक का हृदय फटने लगता है। राजनीतिक भ्रष्टाचार के कारण आज देश के करोड़ों मानव भूखे हैं, नंगे हैं, बेकार हैं। वे अकाल, बाढ़, सूखा और महामारी के शिकार हो रहे हैं। असंख्य कंठों से पुकार उठ रही है—हे भगवान्, आओ और नयी राजनीतिक पार्टी बनाकर सत्ता पर कब्जा करो और हमारी रक्षा करो। जनता के आर्त्तनाद को सुनकर भगवान् कृष्ण बिहार में अवतरित हो गये हैं और उन्होंने हरिशंकर नारायण प्रसाद सिंह नाम के विश्वविख्यात जनसेवक के साथ मिलकर एक पार्टी की स्थापना कर ली है।

पार्टी का नाम—'भारतीय जनमंगल कांग्रेस' होगा।

नाम में 'जन' या 'जनता' या 'लोक' रखने का आधुनिक राजनीति में फ़ैशन पड़ गया है। इसीलिए हमने भी 'जन' शब्द रख दिया है। जनता से प्रार्थना है कि 'जन' को गम्भीरता से न लें, इसे वर्तमान राजनीति का एक मजाक समझें।

पार्टी के नाम में 'भारतीय' इसलिए रखा है कि आगे जरूरत हो, तो भारतीय जनसंघ के साथ मिलकर सत्ता में हिस्सा बँटा सकें।

'कांग्रेस' हमने इसलिए रखा है कि अगर इंदिराजी वाली कांग्रेस को अल्पमत सरकार बनाने की जरूरत पड़े, तो पहले हमें मौका दे।

'जनता' शब्द की व्याख्या किसी दल ने नहीं की है। हम पहली बार ऐसा कर रहे हैं। जनता उन मनुष्यों को कहते हैं, जो वोटर हैं और जिनके वोट से विधायक तथा मन्त्री बनते हैं। इस पृथ्वी पर जनता की उपयोगिता कुल इतनी है कि उसके वोट से मंत्रिमंडल बनते हैं। अगर जनता के बिना सरकार बन सकती है, तो जनता की कोई जरूरत नहीं है।

जनता कच्चा माल है। इससे पक्का माल विधायक, मन्त्री आदि बनते हैं। पक्का माल बनने के लिए कच्चे माल को मिटना ही पड़ता है।

हम जनता को विश्वास दिलाते हैं कि उसे मिटाकर हम ऊँची क्वालिटी की सरकार बनायेंगे। हमारा न्यूनतम कार्यक्रम सरकार में रहना है।

हम इस नीति को मानते हैं—यथा राजा, तथा प्रजा। राजा अगर ठाठ से ऐशो-आराम में रहेगा, तो प्रजा भी वैसी ही रहेगी। राजा अगर सुखी होगा, तो

प्रजा भी सुखी होगी। इसलिए हमारी पार्टी के मन्त्री ऐशो-आराम से रहेंगे। जनता को समझना चाहिए कि हमें मजबूर होकर सुखी जीवन बिताना होगा, जिससे जनता भी सुखी हो सके। यथा राजा तथा प्रजा।

हमारे उम्मीदवार विधायक होने के लिए चुनाव नहीं लड़ेंगे। वे मन्त्री बनने के लिए वोट माँगेंगे। हमारी पार्टी के उम्मीदवार को जब जनता वोट देगी, तो मन्त्री को वोट देगी। हम अपनी पार्टी के हर विधायक को मन्त्रिमंडल में लेंगे, जिससे कोई दल न छोड़े।

यदि हमारे किसी मन्त्री को दल छोड़ना है तो उसे पहले हमसे पूछना होगा। वह तभी दल छोड़ सकेगा, जब हम उसकी माँग पूरी न कर सकेंगे।

सरकार का काम राज करना है, रोजी-रोटी की समस्या हल करना नहीं है।

सरकार का काम राज करना है, इसलिए वह अन्न उत्पादन नहीं करेगी। जिस कम्पनी को अन्न उत्पादन करना हो, उसे बिहार की जमीन दे दी जायेगी।

हम जाति के हिसाब से अलग-अलग जिला बना देंगे। ब्राह्मणों के जिले में क्षत्रिय नहीं रहेगा। जिलाधीश की नियुक्ति जाति-पंचायत करेगी।

बिहार में भूख और महामारी से बहुत लोग मरते हैं। पर काशी बिहार में नहीं है। गया यहाँ श्राद्ध के लिए है। हम आन्दोलन करके काशी को बिहार में शामिल करेंगे, जिससे बिहार का आदमी यहीं काशी में मरकर गया में पिंडदान करवा ले।

हम जनता को वचन देते हैं कि जिस सरकार में हम नहीं होंगे, उस सरकार को गिरा देंगे। अगर हमारा बहुमत नहीं हुआ, तो हम हर महीने जनता को नयी सरकार का मजा देंगे।

घोषणा-पत्र की यह रूपरेखा ही है। विस्तार से आगे बतायेंगे।

जनता हमारी पार्टी की विजय के लिए प्रार्थना करे।

ठेकेदार, उद्योगपति, दंगा करने वाले शर्तें तय करने के लिए अभी सम्पर्क करें।

हमारे भाई, भतीजे, मामा, मौसा, फूफा, साले बहनोई, जो जहाँ भी हों, बिहार में आकर बस जायें और रिश्तेदारी के सबूत समेत जीवन सुधारने की दरख्वास्त अभी से दे दें। देर करने से नक्काल फायदा उठा लेंगे।

और अन्त में

प्रिय बन्धु,

कल भोपाल से लौटा। वहाँ पक्षाघात से पीड़ित मुक्तिबोध की चिकित्सा हो रही है।

मुझे माचवे का वह लेख याद आया जो उन्होंने मुक्तोबोध के बारे में 'धर्मयुग' में लिखा था। उस लेख से मेरे विश्वास को बड़ा धक्का लगा। मुझे पूरा विश्वास था कि वे इस घटना पर कविता लिखेंगे। दिल्ली में एक शाम को जब कॉफी हाउस में लेखक मित्रों में चर्चा चल रही थी कि इस पर कौन क्या लिखेगा, तब मैंने बड़े विश्वास से कहा था कि बन्धुवर माचवे फौरन एक कविता लिखेंगे। कविता का कच्चा-मसौदा भी मैंने बताया था, मगर देखता हूँ कि उन्होंने तो लेख लिख दिया। इससे मेरी बड़ी किरकिरी हुई।

इसी सिलसिले में मैंने सोचा कि क्यों न मैं कुछ और लेखकों की तरफ़ से कवि की बीमारी की प्रतिक्रिया लिख दूँ। यदि उन्हें पसन्द आ जाये, तो यह उन्हीं की मान ली जाये।

जहाँ तक माचवे जी का सवाल है, वे मेरे विश्वास को इस तरह झुठला नहीं सकते। उन्हें कविता तो लिखनी ही होगी—चाहे वे हवाई-जहाज में सफर करते हुए लिखें या दातून करते हुए।

फ़िलहाल यह कविता मंजूरी के लिए पेश करता हूँ—

मुक्तिबोध की बीमारी पर

प्रभाकर माचवे

तार-सप्तक, लेख, कविता, डायरी, कामायनी

पुनर्विचार

सुन रहा हूँ हो गये तुम बन्धुवर बीमार।
याद हैं उज्जैन, शिप्रा, महाकालेश्वर
नहीं गये कभी रामेश्वर?

लन्दन, टोरन्टो, पेरिस, न्यूयार्क, बुडापेस्ट
जाओगे, लाओगे, मेक नो हेस्ट

किया था न्यूयार्क रेडियो से घण्टे कविता पाठ
क्या बात है खूब है इमेज और थाट
तुम बीमार हो सुन कर दुःखी हम
ट्वी डलडम

(बस स्टैंड पर लिखित)

निवेदन है कि 'कवि न होहुं नहिं कहाऊँ' इसलिए इसमें भाषा-दोष और छंददोष वगैरह हो सकते हैं। पर हमें तो कविता की आत्मा देखनी चाहिए। अब और कुछ लेखकों-कवियों की तरफ से मसौदे पेश करता हूँ।

श्री मैथिलीशरण गुप्त (हिन्दी के दद्दा)

रोग-शोक, आधि-व्याधि का घर है मानव-देह
हे राम, उसे चंगा करो, बरसा औषध-मेह।

श्री जैनेन्द्र कुमार

रोग क्या? और निरोग कैसा? रोग में निरोग है और निरोग में रोग है। जीना जिसे कहा जाता है, उसका यही भोग है। हम सभी रोगी हैं। हम स्वस्थ हैं—यह सोचना ही रोग का लक्षण है। रोग नहीं तो स्वस्थ होने की चेतना क्यों? हम न रोगी हैं न स्वस्थ हैं। हम मात्र हैं। और यह होना भी एक रोग है।

('समय और तुम' से)

श्री माखन लाल चतुर्वेदी (हिन्दी के दादा)

मेरे कवि, मेरे मनमोहन, मेरी मनुहारों और दुलारों के देवता, जिसकी सूझें पंख पसारे प्रतिभा के आकाश में उड़ रही हैं, जिसका ईमान पीढ़ियों को बल दे रहा है, जिसके बोल कोटि-कोटि कंठों की जबानी गा रहे हैं, जिसकी आन और

बान पर पीढ़ियाँ बलिपंथी होती हैं, जिसके पेट के ऊपर हृदय उसके भी ऊपर मस्तिष्क है—वह दुलारा कवि बीमार है। वह जल्दी अच्छा हो और तरुणाई के सपने संजोएँ।

अमृतराय (हिन्दी के राजकपूर)

एक जमाना था जब मुक्तिबोध और मैं 'हंस' में काम करते थे। मेरा बाप प्रेमचन्द उन दिनों जिन्दा था ('वसुधा' में प्रकाशित प्रेमचन्द सम्बन्धी एक लेख का शीर्षक अमृतराय ने 'मेरा बाप' दिया था।) प्रेमचन्द से मुक्तिबोध ने सरलता सीखी और मैंने भी। प्रेमचन्द कलम के सिपाही थे, मैं कलम का कप्तान हूँ। सुना है मुक्तिबोध बीमार हैं। मेरी शुभकामनाएँ उनके साथ हैं।

ख्वाजा अहमद अब्बास (तर्ज हिन्दी ब्लिट्ज की 'आजाद कलम')

शायर बीमार है।

जनता का शायर बीमार है; कवि बीमार है।

भूखी जनता, नंगी जनता, बेघर जनता, बेसर जनता, बेपैर जनता का शायर बीमार है—

आज शेक्सपियर बीमार है, मिल्टन बीमार है, बायरन बीमार है, शेली बीमार है, कीट्स बीमार है, ह्विटमैन बीमार है, मायकोवस्की बीमार है, रवीन्द्र बीमार है, गालिब बीमार है, जौक बीमार है—

मगर—

जैसा किसी फ़िल्म के गाने में कहा गया है—'दुनिया के लोगों, ए दुनिया के लोगों, लो हिम्मत से काम, सबकी खबर रखने वाला है राम।' जमाना बदलेगा। यह तारीक रात खतम होगी और सारे जमाने में सेहत का सूरज चमकेगा। आफ़ताब चमकेगा, दिनकर चमकेगा, भगवान् भास्कर चमकेगा।

सेहत का सूरज सड़क पर, गली पर, महल पर और झोंपड़ी पर चमकेगा। बगीचे, नदी और तालाब पर चमकेगा। पहाड़ों और समन्दरों पर चमकेगा। जेलखाने और कचहरी पर चमकेगा। जच्चाखानों और अस्पतालों पर चमकेगा।

और तब सब सेहत पायेंगे—गरीब और अमीर सेहत पायेंगे, बूढ़े, बच्चे और औरतें सेहत पायेंगी। बाबू, मुन्शी, मेहनतकश और मजदूर को सेहत

मिलेगी। शायर, फ़नकार, अदीब और नक्काश को सेहत मिलेगी।

जिन्दगी हँसेगी—बस चन्द दिन और मेरी जान, चन्द ही दिन और।

हमारे सिर पर सूरज होगा। हम सब खुशी से नाचेंगे, गायेंगे। और हम उस सूरज से कहेंगे—'चौदहवीं का चाँद हो, या आफ़ताब हो। जो भी हो तुम खुदा की कसम लाजवाब हो।'

सोहनसिंह 'जोश' (तर्ज लेफ्ट-सेक्टेरियन)

साम्राजी भेड़ियों ने और सरमायादारी के गुर्गों ने आखिर एक तरक्की पसन्द शायर को लकवा लगा ही दिया। हमें जनता के दुश्मन इन साँपों का मुँह कुचलना है। हमें एक होकर इस हमले का मुकाबला करना है। कोई बात नहीं, बाश्शाओ। जिन्दां से निकलने की खातिर पाबन्दये जिन्दां और सही।

भई, अभी इतनी ही रचना कर सका हूँ। इतना करके ही मुझे डर लगने लगा है और मैं इन सबसे क्षमा-याचना के 'मूड' में आ गया हूँ। फिर भी इसे भेज तो रहा ही हूँ।

आपका

ह. शं. प.

• • •